カミちゃん、起きなさい！　生きるんだよ。

大城貞俊

プロローグ

カミちゃんの手記を読んで驚いた。なんという人生を送って来たのだろう。しばらく茫然とした。それは、すぐに感動に変わった。

手記を読ませてくれたのはカミちゃんの息子の智《さとし》くん。私とは同年齢の又従兄弟《またいとこ》にあたる。私が少しだけ表現の世界に関わっていることを知って何かの参考になればと渡してくれたものだ。嬉しかった。そしてその行為に応えたかった。

読み終わった後、智くんにお礼を述べた。短い手記だが、それを基に作品を書きたい。カミちゃんこと、母親の平良節子《たいらせつこ》さんのことをもっと教えて欲しいとお願いした。智くんは、明るい声で了承してくれた。

作品を構想する前に、私はカミちゃんが苦労した土地、石垣島の開拓村明石《あかし》を訪ねたいと告げた。このこともすぐに了解してくれた。そして石垣島に住んでいる弟の晋《すすむ》くんを紹介してくれた。晋くんへ電話をすると喜んで案内するという。私は二〇一七年二月十七日、那覇空港発九時四十分、石垣空港着十時四十分の飛行機に乗って石垣島に向かった。

石垣島は快晴だった。晋くんは笑顔で迎えてくれた。私の訪問意図を丁寧に理解してくれて明石の案内だけでなく、母親節子さんの人柄を知っている四人の方を紹介してくれた。その一人は大里村《おおさとむら》に住む野里節子《のざとせつこ》さん（八十五歳）だった。同じ節子の名前を持ち同じ大宜味村《おおぎみそん》出身だ。開拓の歴史を報道した地元の新聞では、二人の節子の頑張りによって開拓村明石の今があると紹介された人物だ。私は晋くんの配慮に感謝し喜んで申し出を受けた。

空港から明石までは約二十三キロの距離で、車で四十分ほどの時間がかかる。その途中に野里節子さんの住む大里村がある。晋くんの自家用車、白のライトバンは石垣空港を出発すると、すぐに幹道をそれてサトウキビ畑の小道へ入った。大里村はその先にあり、野里さんの家はサトウキビ畑の中にある一軒家であった。野里さんは庭に出て待っており手を振って迎えてくれた。改めて来訪の意図を告げると大きな笑みを浮かべて懐かしそうに話し出した。

平良節子さんはね、カミちゃんとも呼ばれていたが、度胸があったたね。

私は当時大浜町《おおはま》の生活普及員だった。先輩の節子さんにはたくさん助けてもらった。節子さんは正直一点張りの人で、リーダー性があった。私たち町の職員は節子さんを頼りにしていた。明石村は沖縄本島十三市町村からやって来た寄り合いの村だったからね、私たちもどうすればいいか戸惑っていた。節子さんが私たちの願いをいつも叶えてくれた。私たちが集会をしたいと言えば、すぐに人を集めてくれた。

節子さんは絶対に嘘をつかない人、だからみんなから信頼があった。彼女の心は蚕の糸のようにまっすぐで絶対に切れなかった。

ご主人の泉次《せんじ》さんは気が早くて、くそ真面目だった。泉次さんは節子さんの一番の理解者だ。婦人会活動で節子さんが家を空けることが多くなっても怒りもしなかった。下

座にも座らさない。いつも節子さんを引き立てていたよ。あれは、レディーファースト
というのかね、アメリカ式だったのかね（笑い）。
七人の子どもたちみんなを大学に行かせたんだが、お金はあるの？　って尋ねたこと
があるよ。そしたらね、お金は床下にいっぱいあります。いつでも、ここ掘れワンワン、
どんどん出て来るよ、って（笑い）。
私たちが仕事を全うできたのはね、平良節子さんのおかげだよ。いくら感謝しても、
感謝し過ぎることはないね。
野里さんの、節子さんに対する感謝の思いは溢れ出るようだった。私の問いに間髪を
入れずに次々と答えてくれた。記憶の鮮明さにも驚いたが、私は明石村への関心が膨ら
み、カミちゃんへの興味もますます沸いた。
野里さんからは、たくさんのお土産を貰った。見ず知らずの私への歓迎ぶりに恐縮し
て感謝の思いを述べた。家を離れた直後に晋くんの携帯に電話が入った。野里さんから
の電話でナントゥ餅をお土産に手渡すのを忘れた。すぐに戻って来て欲しい！　とのこ
とだった。

晋くんも私も躊躇したが、車を止めて引き返した。野里さんは腰を曲げてナントゥ餅を手に持ち、大通りまで歩いて出て来ていた。恐縮して再び頭を下げた。

晋くんのライトバンは、大里村を後にして明石村へ向かった。石垣島の東側の海岸沿いの道を走った。明石村までは約二十キロほどである。二月とはいえ夏のような強い日差しだった。東側から浜風を受け、サトウキビの葉が揺れる畑の間道や、リュウキュウマツが街路樹に植えられている広い舗装路を北上した。伊野田《いのだ》、船越《ふなこし》、伊原間《いばるま》の村を過ぎ、はんな岳の牧場を過ぎると明石村の入り口を示す標識が見えた。そこはT字路になっていて左手の一角には無人の野菜販売所がある。その前に枝ぶりの美しい一本松が聳えていた。一本松は青々と茂り来客を歓迎するかのようであった。そこを右折すると明石村への道路である。両脇に八重山椰子が聳える直線路を百メートルほど行くと明石の集落が見えた。公民館前に白いライトバンを停める。

公民館前には、明石への入植の記念碑が建っていた。逸《はや》る心を抑えながら記念碑の文字を読む。

明石開拓団、昭和三十年四月十二日入植。

入植三十周年事業として昭和六十年十一月吉日建立。

先遣隊氏名、団長辺土名朝興。

その後に順次市町村ごとに入植した人々の名前が刻まれている。大宜味村、屋部《やぶ》村、久志《くし》村、石川《いしかわ》市、具志川《ぐしかわ》村、読谷《よみたん》村……等々、沖縄本島の各地から琉球政府の計画移民として入植した人々の名前が続く。明石村発祥の歴史を示す記念碑だ。確かに大宜味村から入植した十二名の中に平良泉次さんの名前も刻まれている。この地で、カミちゃん夫婦は凄惨な苦労を重ねたのだ。また同時に誇り高い喜びをも手に入れたのだ。

沖縄県では戦前だけでなく、戦後も多くの人々が戦争の後遺症とも思われる運命に翻弄されて故郷を離れざるを得なかった。ペルーやブラジルなど海外へ移民した人々もおれば、石垣島や西表島に移民した人々もいる。そのだれもが見知らぬ土地で苦労を重ねたのだ。

カミちゃんの手記には、この苦労の軌跡が喜怒哀楽を交えて克明に記されている。カミちゃんは、故郷大宜味村大兼久《おおかねく》でも、戦中に暮らした佐世保でも、そして開拓村明石でも、また自らが生きた他のどの地においても前を向いて生きてきたのだ。幼いころからの旺盛な好奇心は、カミちゃんを明日へと牽引するエネルギーになったように思われる。苦労は、積み重ねられる歳月の中で希望に変わっていったのだ。

明石の集落を目前にすると、カミちゃんの手記の言葉が私の脳裏を縦横無尽に駆け巡った。写真で見た茅葺《かやぶき》屋根のマッチ箱のような小さい家屋も記憶に蘇る。蚊の駆除対策としてＤＤＴを散布する人々の姿も立ち上がる。碁盤目のように並んだ家屋が赤い土肌の剥き出した土の上に建っている……。

しかし、明石の風景は五十年余の歳月で大きく変容している。見渡すと廃屋になった空き地も多い。その空き地や、木の間に見え隠れするコンクリートの建物に、記憶した写真を重ね合わせる。カミちゃんの手記の記述と併せて風景を見る。私はその時間にしばし身を委ねた。

目を閉じる。明石の村の風が頬を撫でる。静かに吹き渡る海からの風はヤンバルの風をも呼び寄せる。手記のページが何度も捲られる。私の目前には幼いころのカミちゃんの姿が現れ、笑顔を浮かべて駆け出した。

第一章

1

カミちゃんは、沖縄本島北部のヤンバルと呼ばれる大宜味村大兼久で一九一六（大正五）年三月二十日に生まれた。好奇心旺盛で活動的な女の子だ。

六歳になったカミちゃんは振り返って辺りを見回し、祖父の首を探しに甕倉《かめくら》に入った。甕倉は、母屋から離れて建つ茅葺の小さな小屋である。恐る恐る遣り戸の枠板を力を入れて横に引くと、ガタガタと、軋んだ音を立てて戸が開いた。暗い甕倉にカミちゃんの背後から光が差す。

カミちゃんは戸走りの桟《さん》に足を掛けて、よいしょと掛け声を掛けてよじ登る。腰を折り、顎《あご》を前方に突き出してそっと小屋の中を見回す。赤土が剥き出しになって不気味な静けさを作っている。目を細め、暗さに目を慣らしながらゆっくりと煉瓦色の大きな甕に視線を合わせる。甕は隙間だらけの板壁を背にして横一列に並べられている。甕を数える。一つ、二つ、三つ、四つ、五つある。その中のどれかに祖父の首が入っているはずだ。

カミちゃんは祖父の顔を知らない。祖父は、カミちゃんが生まれた時には、すでに死んでいたからだ。でも、祖父の噂は隣の平良《たいら》のおばあたちから何度も聞いた。祖父の名前は照屋倫久《てるやりんきゆう》。首里士族の末裔である。

倫久の父、照屋倫寧《りんねい》は首里に住む琉球王国の役人であった。明治の初めごろ、廃藩置県により琉球王国が崩壊すると、倫寧は王府での職を失った。清国への恭賀の一行にも名を連ねたことのある倫寧は、明治政府への服従を快しとしなかった。むしろ、地団太を踏んで悔しがった。

倫寧を含む照屋一族は、明治初期の「琉球処分」と呼ばれる激動の時代を、あくまでも首里王府に忠誠を尽くす頑固で一途な役人として振る舞ったのである。

琉球処分とは、琉球王国から沖縄県と改められて日本の一地方に組み込まれた一連の出来事をさす。江戸幕府の体制が崩壊し明治政府が誕生すると一八七一年に廃藩置県が実施される。唯一琉球だけは例外で鹿児島県の管轄下に置かれる。それは琉球の帰属をめぐり、明治政府と清国政府との間で国家間の交渉が行われていたからだ。清国と明治政府は琉球を分割して統治する案などを検討する。しかし一八七五年五月、明治政府は「琉球処分」の方針を固め琉球藩当局に対してすみやかな遵奉を要求する。それは、①清国に対する朝貢使・慶賀使派遣、および清国から冊封を受けることを今後禁止する。②明治の年号を使用すること。③謝恩使として藩王（尚泰）自らが上京すること、などである。琉球藩当局はこれらの命令を拒否し、旧体保持の嘆願を繰り返す。処分官に任じられた松田道之は再三来琉し、ついに警官・軍隊の武力的威圧のもと、一八七九年（明治十二）三月二十七日、処分（＝廃藩置県）を行うことを布達した。ここに首里城は明け渡され、琉球王国は滅びたのである。

それゆえに、倫寧は琉球王国の国王が軟禁状態となって東京の地に移住させられ、新しく沖縄県となったことを素直に喜ぶことは出来なかった。沖縄県庁に用意された新政府の事務官の職を受け入れることを潔しとせず、それを蹴って首里を離れた。

照屋一族のみんなが、必ずしも倫寧のように振る舞ったわけではない。意見は幾つもに分かれて飛び交った。職は無くとも首里に留まるべきだと主張する者、時代の流れには逆らえないと用意された新政府の役職に就くべきだと主張する者、那覇の街で商人になることを潔しとする者、宮古島や八重山諸島へみんなで移住をしようと夢を語る者、はては国王を救えなかったがゆえに一族郎党すべてが腹を切って自害すべきだと強硬な意見を主張する者まで出た。

照屋一族は分家した家の代表者が何度も集まり、意見を交わしたが一つの意見にはまとまらなかった。やがて一族の間で激しく罵り合い、掴み合いの喧嘩をする者まで現れた。正義を行おうとする者ほど憂き目に遭うのは、どの時代でも同じである。もはやこれまでと一族の長が決断し、財産を分与し、それぞれの道を歩むことに落着した。このことには、かろうじてみんなの意見が一致した。

ただし、だれもが日々の暮らしを支えるだけの財産の分与に預かったわけではない。また照屋一族に十分な財産があったわけでもない。質素な暮らしを続けても数年で底をつくわずかな金銭を手にしただけである。そして、多くの者は仕事の当てさえなかった。ただひたすら、王府の役人であり士族であったことを矜持として、だれもが希望の見えない未来へ一歩を踏み出したのである。

照屋倫寧は妻カナと共に住み慣れた首里を離れ、二人の幼い娘を引き連れて沖縄本島北部のヤンバルと呼ばれる山村へ行き着いた。この地は、首里王府の時代、大宜味間切《まぎり》と呼ばれていた土地である。倫寧もカナも首里に住み続けることが辛かったのだ。

大宜味間切の村々は、そのほとんどが、背後に横たわる山の形状に沿って海辺に寄り添うようにして南北に点在するのだが、倫寧の行き着いたウイバル（上原村）は、海岸沿いを離れて山中にできた小さな村であった。倫寧は、ここで村人から土地を譲り受け、慣れない鍬を振るって山林を開墾した。農作物を植え、ほぼ自給自足とも呼ぶべき生活を始めたのである。

倫寧、カナ夫婦は、ウイバルの地で首里から連れてきた二人の娘のうちの末娘を病で失った。しかし、二人の男の子を授かった。そのうちの一人が、カミちゃんの祖父、倫《りん》久《きゅう》である。

倫久は、倫寧の次男として、すくすくと育った。少年のころから腕白で、奇異な行動を取る少年であった。両親は娘や息子に、首里士族の末裔であることの誇りを失うなと強く言い聞かせたが、幼い息子に士族の誇りを理解することは難しかった。むしろその誇りを倫久は曲解した節もあった。

　幾年の歳月を経て、たくましい青年に成長した倫久だったが、心は少年のままであった。明治政府の下請け機関と化した沖縄県庁の「カンプー（チョンマゲ）切り落とし令」にも反抗した。

　俺の頭は俺のものだ。従って、俺の髪も俺のものだ。髪を結うのも、髪を切り落とすのも俺の自由だ。お上からとやかく言われる筋合いはない。

　倫久が、父親から受け継いだ首里士族の誇りが、この決断を導いたかどうかは定かでない。定かではないが倫久は生涯カンプーを切り落とさなかった。おかげで、倫久は村人から照屋のカンプータンメーと呼ばれたのである。

　倫久は、父倫寧と母カナの姿を見て育った。父母はすでにたくさんの苦渋を味わっている。俺が踏ん張らなければ、などと思ったのかもしれない。しかし、それもよくは分からない。

　もちろん、首里から遠く離れたヤンバルの地で、倫久一人で新政府に対抗しようと踏ん張ってもどうにかなるものではない。どうにかなるものではないことを、どうにかしようとして、いつも踏ん張る青年が倫久だった。こんなことが村人には可笑《おか》しくもあり、いとおしくもあり、滑稽でもあった。ヤンバルのことを知らない首里士族のカンプータンメー倫久として噂の種にしていたのである。

倫久は、いつもどうにかしようと真面目に踏ん張っていたが、多くは成功しなかった。反骨精神は、ヤンバルに流れ着いた父倫寧の血を最も多く倫久が引き継いでいたように思われる。そのために、平良《たいら》のおばあをはじめ、たくさんのおじいや、おばあたちの話題にのぼり、噂の花を咲かせたのだ。実際、倫久はたくさんの奇異なエピソードをぶら下げて村中を歩いているようなものだった。いや、倫久が歩けば、たくさんのエピソードがサガリバナのように次々と生まれて花開き、育っていったとも言えるだろう。

ねえ、カミちゃん、あんたのおじいはね、照屋のカンプータンメーと言われていたんだけどね。酒好きでねえ、昼間から酒を飲んでいたよ。

そうそう、倫久おじいは酒甕《さけがめ》へ頭を突っ込むほど酒が好きだったからね。甕の中には酒と一緒に首が入っているはずよ。

なんであんなに酒ばかり飲んでいたのかねえ。よく甕の底まで首が届いたねえ。

あれ、酒が飲みたければ、首も伸びるし、手も伸びるさ。

そうかねえ。

そうだよ、お父の鼻も伸びるからね。

平良のおばあたちは、倫久の孫であるカミちゃんをからかうように、倫久おじいの話を面白可笑しく語り合っていた。倫久おじいはもう死んでいたから、本人をからかうことはできなかったのだ。

カミちゃんは、からかわれていることも知らずに熱心に倫久おじいの噂話に耳を傾けた。それがまた平良のおばあたちには可笑しくてたまらないのだ。話に尾を付け、羽を付けて、海で泳がせ、空に飛ばした。

カミちゃんは、カンプータンメーとよく似ているね。

そうだね、目元、口元、そっくりだよ。

男なら凛々しい若按司《あんじ》。

世が世なら首里士族の出世頭だ。

うん、間違いなし。

カミちゃんは平良のおばあたちの話に、倫久おじいへの興味がますます沸いてきた。

倫久のトゥジ（妻）のウトおばあも、いつもカミちゃんに自慢している。

倫久はね、立派なカンプーをしていてね、立派な顎髭《あごひげ》もあったんだよ。偉いんだよ。

でもね、酒好きだった。何が楽しくて、あんなに酒だけ飲んでいたのかねえ。酒甕に、注ぎ足しても注ぎ足しても、間に合わなかったねえ。

ウトおばあは何が辛くてとは言わなかった。何が楽しくて、と言った。ウトおばあも、おじいの話をするときは、本当に楽しそうに話す。酒甕には笑顔にするお酒が入っているのだ。

よし！

カミちゃんは、立ち上がった。意を決してガジュマルの樹の下でユンタク（おしゃべり）している平良のおばあたちの輪から抜け出した。走って甕倉に来たのだ。秘密は、きっと甕の中にある。そう思ったのだ。倫久おじいの首が、甕倉のどれかの甕に入っている。そう思ったのだ。

カミちゃんは、桟を降りて赤土を踏むと足音を忍ばせて甕に近づいた。束ねた薪を足元に置いて踏み台にする。蓋を開け、背を伸ばして中を覗く。鼻を突く匂いがする。甕の中は暗くてよく見えない。急いで庭先から細い木の枝を折り、手に持って再び用心深く枝先を甕の中へ突き刺す。枝先にくっついてきたのはお味噌だ。二つ目の甕にも背伸びをして中を覗く。菜っ葉の漬物がすっぱい匂いをカミちゃんの鼻のある顔いっぱいに放つ。三つめの甕は米だ。四つ目の甕には心を躍らせた。確かに人間の首のような塊が甕の底にうずくまっているように思われたからだ。カミちゃんは、そっと枝先でつつきながらじっと眺める。やがてその正体が分かった。期待外れの豚肉だ。お父が正月に村人から分けてもらい、塩漬けにしたのだ。カミちゃんはがっかりした。

折れそうな心を踏ん張って最後の甕を覗く。お酒の匂いがする。間違いなくお酒だ。枝先を漬けてみる。口に含む。甘酸っぱいお酒の香りがする。この底におじいの首があるのだ。じっと目を凝らす。おじいの顔が水面に浮かび上がってきた。

あった！

そう思ったとたん、遣り戸が勢いよく開けられた。

こら！　カミちゃん！

何をしているか！

びっくりしたカミちゃんは、慌てて自分の首を酒甕の中に落としそうになった。しっかりと首を持ち上げて声のした方を振り返る。お母のウシが仁王立ちになってカミちゃんを睨んでいた。

2

カミちゃんは、お母に尻を叩かれ、こっぴどく怒られた。

倫久おじいの首があったよ！

と、叫ぶとまた叩かれた。

あんたの首だよ。いつまで子どもなんだよ、あんたは。

と、お母は呆れていた。思い出したように、最後の一発だと言われ、また叩かれた。

お母は、畑から戻って来たお父の倫正《りんせい》にカミちゃんの仕業を報告したが、お父は怒ることもなく、にこにこと笑っていた。

倫久おじいの首は、甕倉にはないよ。

お父にそう言われたが、カミちゃんの好奇心は、それでも収まることはなかった。

このことの顛末を知って、平良のおばあたちは、しわくちゃの顔を、さらにしわくちゃにして笑い転げた。

カミちゃんは、お母の怒りにも、平良のおばあたちの笑いにもめげなかった。

それは倫久おじいの首ではない、あんたの首だよ！　とお母に言われたのだ。そして、お父には、倫久おじいの首は甕倉にはないよ、と言われたのだ。ということは、倫久おじいの首はどこかにあるに違いない。そう思った。そう思ったがお母に尋ねるとまた尻を叩かれると思い、黙って一人で、その後も倫久おじいの首を探し続けた。

山羊小屋や、床下も覗いたが、倫久おじいの首は見つからなかった。困り果てたカミちゃんはウトおばあに相談した。ウトおばあは倫久おじいのトゥジ（妻）だ。亡くなったおじいの自慢話をよくするから知っているはずだ。そう思ったのだ。

ウトおばあは笑顔を浮かべて、黒砂糖を舐めた後、カミちゃんを手招きして膝に抱いた。そして嬉しそうに目を細めてカミちゃんに告げた。

倫久おじいは、グソー（あの世）へ行ったから、もうこの世にはいないよ。グソーから帰って来た人は一人もいないからねえ。おじいも帰って来ないよ。おじいはグソーでお酒を飲んでいるよ。私がチトゥ（あの世へのお土産）に、いっぱい持たしたからねえ。

ウトおばあは、カミちゃんの頭をハジチ（入れ墨）をした手で何度も撫でた。カミちゃんは、撫でられる度に、なんだかだんだんと倫久おじいの首は、もうこの世にはないような気がしていた。

おじいはガンジュウムン（頑健な男）だったが、いくらおじいでも、生き返ることはできないよ。首も甕の中にはない。どこにもないんだ。人は死んだら終わりだよ。

あのね、カミちゃん、おじいはね。私と一緒になると言ってね、死ぬ気になってニービチ（結婚）をすると言ったんだよ。死んだこともないから死ぬ気だなんて分からないはずなのにね、そう言って私をシカショッタ（口説いた）んだよ。

ウトおばあこの話は何度か聞いた。おばあはおじいの自慢話だけでなく、自分の自慢話もする。今度もおじいの自慢話からおばあの自慢話へ移っていったかと思ったが、カミちゃんは黙って聞いた。おばあ孝行になると思ったからだ。

カミちゃんは好奇心が旺盛なだけでなく、記憶力も抜群に優れていた。おばあの自慢話はたくさん覚えている。ニービチの話はその中でもおばあがよくする話だ。暗唱できるほどに覚えている、が黙って聞く。

おじいとおばあは、大兼久のシヌグ祭り（豊年祭り）の日に出会ったんだよ。おじいは、家族と一緒に住んでいる山中のウイバル（上原）から、おばあの住んでいる海岸沿いの村の大兼久のシヌグを見にやって来たんだよ。その日に大兼久の一番可愛い娘の踊りを見て一目惚れしたわけよ。一番かわいい娘はだれか分かる？　私だよ、ウトさ。それから、おじいは何度も私のところに通って来たわけさ。私を見にね。

おばあは、ここで、いひひと笑う。可愛く科《しな》を作って手で口を押え、一休みしてからまた話し出すんだ。

おじいの家族はね、おじいと私の結婚に反対したんだよ。士族の倫久と平民のウトとは釣り合いが取れないと言うわけさ。

そんなことに拘《こだわ》っていたら、いつまでも結婚できない。周りに士族はいないのではないか。

それが、おじいの言い分さ。おじいは、とうとう親の反対を押し切って可愛い私と結婚した。そのためにウイバルを出て大兼久に移り住んだというわけさ。

ウトおばあの話は、倫久おじいのことを自慢しているのか、おじいをそこまで惚れさせた自分のことを自慢しているのか、よく分からない。ウトおばあの魂胆まで、幼いカミちゃんには分からなかった。

こんな歌も、流行っていたよ。

ウトおばあは、そう言ってますます目を細める。そしてついには歌いだすのだ。

ティーラ（照屋）のカンプータンメーや酒ゾーグ。一合貸シレー、二合飲ムン。二合貸シレー三合飲ムン。タンメーワタ（腹）は破れバーキ。

歌い終わると、おばあは、ついには大声で笑いだすのだ。

ウトの住んでいる大兼久は漁村だ。大兼久に移り住んで新所帯を構えた倫久は酒を飲んでいるだけではなかった。意地も決断力もあった。当時は木を刳りぬいた刳舟《くりぶね》からサバニに代わる時期だった。サバニは杉板を組み合わせて作る。

倫久は漁村の大兼久で生きていくには、船大工の技術を習得すべきだと理解した。理解すると行動は早かった。目の前の沖に浮かぶ古宇利《こうり》島に渡り、船造り技術を習得した。

倫久が造る船は、大漁を呼び込む「かりゆし船」だと言われ評判がよかった。噂は中南部まで飛び渡り、次々と注文が舞い込み財を築いていった。サバニと一緒に次々と子どもも生まれた。男三人、女四人の子だくさんだ。長男を倫正と名付けた。倫正がカミちゃんの父親である。

やがて倫久のカンプーも顎髭も白く染まっていった。それでも首里のカンプータンメーは威厳があった。亡くなる日、倫久は妻のウトに言った。

夕方には死ぬからどこにも行くな。

倫久は、自ら予言したその予言どおり、畳間で座って死んだ。首里の方角を向いていたという。その死に際もウトの自慢話の一つだ。ヤンバルに寄留した首里士族の二代目照屋倫久の見事な死に際だった。倫久はいまだ若く四十九歳であったという。

3

カミちゃんの父親照屋倫正は、倫久の息子だからヤンバルに根を下ろした士族の三代目になる。七人兄弟姉妹の長男である。

倫正は海男となった父親と違って山男になった。律儀な性格が村役場の三役の目にとまり、村役場の推薦により若いころから長く大宜味の山々に分け入り、村有林や県有林、あるいは国有林の管理を続けた。いわゆる山守《やまもり》である。盗伐を防いだり、樹の枝打ちをしたり、また林業に携わる人々の指導や監督などに当たった。

カミちゃんは、父が足に脚絆を巻いて出ていく勇ましい姿を何度も見た。そして、見る度に誇らしい気持ちになった。

そんな父の律儀で誠実な姿を、大兼久の区民も見続けていたのだろう。倫正が四十歳になると、すぐに推されて大兼久の区長になった。区長の任期は二年である。しかし、任期が終わってもなかなか辞めさせてもらえなかった。歳月を重ねるにつけて倫正に対する区民の信頼はさらに増し再選され続けた。気が付くと八年間も区長を続けていた。

そんなこんなで、倫正に農業をする時間はほとんどなかった。畑仕事は、妻ウシだけの仕事になった。ウシは倫正に代わり、家族みんなが食べる芋や野菜作りに精を出した。季節が代わるたびに、その季節に相応しい野菜を植えて収穫し食卓に並べた。そうすることが夫を支えることだとすぐに悟ったのだ。

倫正は、ウシのおかげで、さらに区長の仕事に励むことができた。村当局や県からの煩わしい調査報告書の作成や、区ごとの分担金や税金などの徴収も的確にかつ迅速に行うことができた。さらに村役場が奨励する区単位の取り組みへの対応や、学校行事にも積極的に参加することができた。村行事や学校行事に、倫正が照屋家の士族を表す家紋のついた羽織袴を着けて座っている姿を見て、カミちゃんは心躍らせ、時には得意な気分になった。

大兼久は漁村であるがすべての区民が漁業に携わっていたわけではない。区民の多くは半農半漁の生活を続けていた。しかし、当時はどちらかというと漁業に重きを置いていた。現金収入は漁業で得ることが多かったからだ。ただ海の機嫌は、人知の力ではどうにもならなかった。どうにもならなかったが、大漁が続くと、その年の区長の人徳だと感謝され、不良が続くと区長の人徳のなさが噂された。

倫正が区長の間は、不思議なことに大漁が続いた。ヒートゥ（イルカ）が毎年のように大兼久の湾に入り込み、さらにスク（小魚）の大漁が続いた。漁に出ない倫正の家にも、大漁した漁師たちの差し入れで魚が尽きることはなかった。

大正の時代が終わり、昭和元年になった。その年、カミちゃんは尋常小学校二年生になった。相変わらず好奇心旺盛な子だった。珍しいことがあると、すぐに声に出して大人たちに尋ねた。そして行動した。倫久おじいの首を探した事件と同じように純朴なまで育った少女だった。

スク漁で大量のスクが捕獲され、浜で村の女たちに分配され、甕や大きな瓶に塩漬けにされたときも、なぜ塩漬けにするの？　塩でなく砂糖漬けにすれば甘いのにどうしてそうしないの？　などと尋ね歩き、村の女たちに追い払われた。

カミちゃんは諦めきれずに、今度はサバニを持っている船頭のメーザトゥグヮー（前里小）のおじいに尋ねた。

こんな小さい魚は獲らないで、海で大きくしてから獲ればいいのにね。

おじい、聞こえるねえ。なんでこんな小さい魚を獲るの？

大きくして獲ったほうがいいんじゃないの？

カミちゃんの問いに、メーザトゥグヮーのおじいは、憮然とした表情で睨み返した。

しかし、睨みの効果がなく、何度も尋ねるので、サバニの上からカミちゃんの頭を叩いた。

ヤナ童《ワラ》バーヒャー（嫌な子どもだなあ）。大きくなったらスクでなくなるだろうが。

カミちゃんの目から火花が飛び散って涙が出た。でも降参はしなかった。

大きくなったらスクでなくなるんだったら何になるの？　魚でなくなるの？

アギジェ（あれ）、ヤナ童バーヒャー。

メーザトゥグヮーのおじいは船から飛び降りた。カミちゃんは慌てて逃げ出した。

お父の倫正にも、何度か叱られたことがある。

ある日、カミちゃんが学校から元気よく帰って来ると、お父は区民から集めたお金を懸命に計算していた。銅貨の小銭を洗面器に入れて机の上に置いている。カミちゃんはかばんを置いて、父の傍らにちょこんと座り、父の仕種を見ていた。

やがて、父の仕種よりも、目の前の洗面器の中の銅貨へ目がいった。こんなにたくさんの銅貨は見たことがなかった。近づいて手で触った。何ともたとえようもない感触に興奮した。魚の鱗よりも冷たい。興奮したままで洗面器を両手で揺するとチャリンチャリンと音がした。やがて砂遊びをするように両手で銅貨を掬い上げ、目の高さからこぼした。高さの違いによってチャリンチャリンの音は微妙に違った。カミちゃんは夢中になって音立てて遊んだ。

カミちゃんのその仕種に気づいて倫正は激怒した。

人様のお金に手を触れるな！

お金をおもちゃにするとは何事だ！　この馬鹿もんが！

倫正はそう言い放つと、立ち上がってカミちゃんの背後に回り、脇の下に手を入れて縁側まで歩き、振り回すと庭に放り投げた。

カミちゃんはしたたかに尻を打って火が点いたように泣き出した。尻の痛さと同じぐらいにお父の怒りに驚いたのだ。お父は顔を紅潮させてカミちゃんを睨んでいる。いつも笑顔を浮かべているお父とは違う。お父の怒りを初めて見た。カミちゃんは恐怖で逃げ出した。

三軒先のお父の妹、クラニグヮー（倉根小）に嫁いだ叔母さんの家の庭先に駆け込んだ。そして、だれにも見つからないようにと、泣くのをやめて涙を拭き、垣根代わりに屋敷を取り囲んでいる福木の樹の影に隠れた。

しばらくしてお母と文子《ふみこ》姉が、カミちゃんを探しに来た。カミちゃんは、飛び出したいのを我慢して返事をしなかった。その後は、もうだれもやって来なかった。

お父は、なぜあんなにも怒ったのだろうか。訳が分からなかった。涙を拭きながら必死に考えた。考えると、訳が分かった。カミちゃんが悪かったのだ。でも、謝りに帰る訳にはいかない。もう一度お母に迎えに来てもらいたいが、足音はしなかった。

目の前の福木の葉に巣を作っている大きな蜘蛛に気づいて、驚いて尻餅をついた。尻には、忘れていた痛みがまた戻ってきたが、後ずさって別な福木の樹の影に隠れて迎えを待った。やはり、だれも迎えに来てくれなかった。座ったままで膝を抱えた。時間だけがどんどんと過ぎていく。日が暮れてきた。もう永久にだれも迎えに来てくれないのではないか。お父とお母は自分を見捨てたのだ。自分は、お父とお母の子ではないかもしれない。貰われた子かもしれない。そんなふうに思われてきて、心細さは一気に増した。

アコウクロウ（夕凪）の静かな時間が一層不安を増幅した。

カミちゃん？

カミちゃんじゃないの？　どうしたの？

カミちゃんは驚いて顔を上げて声のする方角を見た。クラニグヮーの叔母さんが、手を膝について、腰を折って覗き込んでいた。

カミちゃんは、再び声を上げて泣き出した。

4

カミちゃんは、その日、クラニグヮーの叔母さんの家で早い夕食をご馳走になった。その後、叔母さんに手を引かれて我が家に戻った。我が家でもみんなが食卓を囲んでの夕食の時間だった。

お母のウシは、クラニグヮーの叔母さんと何か笑顔で相槌を打ちながら話をしていたが、カミちゃんはお父の倫正に手招きされた。傍らにちょこんと座った。お父に、また怒られるのかと身を竦めた。伏し目がちに見上げたお父は笑顔を浮かべていた。

カミちゃんも一緒に食べなさい。

叔母さんの家で食べてきただろうが、カミちゃんの分までお母が用意しているから少しでもいいから食べなさい。

カミちゃんが迷っていると、お父の手が伸びてきた。カミちゃんは思わず頭を竦めたが、お父はカミちゃんを抱き上げて自分の膝の上に乗せた。驚いていると頭を撫でられた。

カミちゃんを、いい子にしようと思って、お父は怒ったんだよ。

カミちゃんが、憎いわけではないんだよ。

カミちゃんは、分かるよね。

お父に、ぎゅっと背後から抱きしめられた。おっぱいが痛く尻がむずがゆかったが我慢した。涙がこぼれそうだった。これも我慢してうなずいた。うなずくと、我慢していた涙が少しこぼれた。

お母が、やって来てカミちゃんとお父を見て笑った。クラニグヮーの叔母さんは、叔母さんの家へ帰っていた。

みんな帰る家があるんだ。自分の帰る家は、ここなんだ。

カミちゃんはそんな気がした。大切な発見をしたことに気づいて涙がまた溜まった。

いつまで、お父の膝の上に座っているの。

お母が、笑顔で言った。

さっさと降りて、自分で食べなさい。

カミちゃんは、涙を拭いてうなずいた。

そのころの大兼久は漁村として活況を呈していた。区長倫正の人徳だと村人は感謝していた。カミちゃんまで、すれ違うウミンチュ（漁師）から頭を撫でられることもあった。

大兼久は、隣の大宜味からの別かれ村である。村人の団結心は強かった。村の有志の一人が、漁村として県下に名を轟かせている糸満《いとまん》に出かけて行き、アギエー漁という漁法を学んで帰って来た。

アギエー漁とは、袋網と袖網を海中に仕掛けて、十数人で一斉に海に潜って魚を追いやり一気に捕獲する方法だ。この漁獲法が功を奏した。団結心の強い村人は、船団を組んで沖合に出かけた。そして、その度に大漁旗を掲げて帰って来た。村人の気質とアギエー漁がうまく結びついたのだ。

船団が帰って来る時間には、村の女たちは、籠《かご》や盥《たらい》などを持って浜辺に集まった。サバニから水揚げされる魚を籠や盥などに入れ、鮮度の落ちないうちに近隣の村まで出かけて行き売り歩くのだ。

ユーコーミソーラニ（魚を買いませんか）。

イマユーヤイビンドー（新鮮な魚ですよ）。

村の女たちは、男たちに負けないほどに働き者だった。遠くは十数キロも離れた北の辺土名《へんとな》や、南は羽地《はねち》村まで出かけて行った。

カミちゃんたち、子どもたちには浜辺は格好の遊び場だった。サバニの上でぴちぴちと飛び跳ねる水色のグルクンが、籠や盥の中では赤色に変色するのが珍しかった。

ヒートゥドーイ（イルカだぞう）。

ヒートゥヌ寄ティィチョーンドーイ（イルカが寄って来たぞう）。

村人のそんな声が、村中を駆け回ると、子どもたちもみんな浜辺に群がった。捕獲されたヒートゥにちょっと手を触れただけでも、漁師たちは気前よく分け前だと言って切り裂いた肉を与えてくれた。それは大人も子どもも区別がなかった。見物しているだけでも、分け前に預かることができた。

いつの間にか大兼久はヤンバルでも有数の漁村になっていた。大漁船《たいりょうぶね》が帰って来る時間には、噂を聞きつけた街の仲買人たちが浜辺に群がることもあった。

区長の倫正は、そんな漁村の繫栄と活況を維持したかった。そのために村のウミンチュや長老たちと知恵を出し合った。何度か相談をし、意見を出し合った結果、村の浜辺にコンクリートを敷いたサバニの船着き場を建設することを決めた。サバニや漁船の出し入れが容易になれば、台風対策にもなり、さらに安全に操業が続けられるということからくる判断だった。

倫正は、船着き場の計画完成に情熱を燃やした。建設予算を確保するために大宜味村役場に掛け合い、また村内外の有志に寄付を募った。船着き場が完成した時の倫正の喜びようは一入《ひとしお》だった。ウミンチュと抱き合って喜んでいた。そんな倫正の企画力と行動力は、ますます倫正を区長職に留め置いた。

倫正も父親の倫久と同じように酒を嗜んだ。倫久と同じように酒甕に首を突っ込むほどではなかったが、交際の広さゆえに酒席に同席する機会も多かった。

倫正は酔って帰って来ると、定番の癖があった。まずカミちゃんたち子どもを起こし、目の前に座らせる。そして「汗水節《アシミジブシ》」の歌を歌って聞かせるのである。

汗水ゆ流ち　働ちゅる人ぬ
心嬉しさや　他所《ユス》ぬ知ゆみ　他所ぬ知ゆみ
ユイヤサーサー　他所ぬ知ゆみ
一日に五十　百日に五貫
貯《タ》みてぃ損なゆみ　昔言葉　昔言葉
ユイヤサーサー　昔言葉

……

倫正は、他人のために働くのが好きだった。そして自分の子どもたちが大好きだった。子どもたちはこの歌をいつの間にか覚えていた。

ところが、突然、倫正に暴行が加えられる事件が起こった。カミちゃんはこのことを鮮明に覚えている。小学校の六年生の時だ。

大兼久は、隣の大宜味などから財産や土地を分け与えてもらえない次男、三男が分家して大兼久に居住地を求めて作り上げた村だ。居住してきた人々の努力が報われて、徐々に人口も増え、隣村を凌ぐ勢いで経済的には安定してきていた。

しかし、折り目節目の神行事や村行事は、大宜味と大兼久の二つの村が一緒になって協力して行っていた。その行事の一つである八月の豊年祭を、大宜味は単独で行いたい。このことで村人が激しくいがみ合って対立し二分されて険悪な状態にある。ついては大兼久の意向はどうかと、区長である倫正に意見を求めてきたのだ。

倫正は、大宜味の区民総会に出席を乞われ、次のように述べた。

大宜味と大兼久は兄弟村である。両村の発展のために、先輩たちは力を尽くしてきた。この努力を無下《むげ》にはできない。我々も継続して力を尽くすべきである。

こんなふうに意見を述べた。この意見は大兼久の有志と相談して決めたもので、あらかじめ用意していた意見だった。

その意見に会場は万雷《ばんらい》の拍手で応えてくれた。倫正もほっと胸を撫でおろした。その後は、酒が酌み交わされ賑やかな宴席に代わった。倫正にお礼を言い、酒を注ぐ者も多かった。

大宜味から大兼久まではわずか数百メートルの距離である。ほろ酔い気分で歩いて帰る倫正を、何者かが待ち伏せて数人で襲ってきた。道端から畑に引きずり降ろされ、殴る蹴るの暴行を受けたのである。その場を自転車で通りかかった大兼久の区民が目撃した。大兼久から味方を引き連れて現場へ駆けつけた。倫正は瀕死の状態で畑の中で倒れていた。

大兼久の人々は、暴漢は大宜味の不満分子に違いないと、すぐさま総出で大宜味に抗議に出かけた。大宜味の区長や有志たちはあり得ないことだと反論した。互いに激しい言葉で言い争い一触即発の状態に陥ったが、やがて夜明けとともに怒りの矛先を収めていった。

カミちゃんは倫正が血まみれになって我が家に担ぎ込まれてきた様子をしっかりと覚えている。そして村人たちが、棒切れや鍬を持って、大宜味へ押しかけていった光景も目に焼き付いている。

怒りを収めろ、暴力は駄目だ！

倫正は傷ついた身体で必死に村人を諌《いさ》めていたが、村人の怒りは止められなかった。

倫正は、翌日、サバニに乗せられて、羽地にある山川病院に担ぎ込まれた。それから三日間入院して治療を受けた。診断は単なる打撲や擦り傷だということだったが、退院後は体調を崩すことが多くなった。元気な倫正の面影は、その事件を境に、だんだんと失われていった。倫正は病床から、カミちゃんたちに語った。

物事の解決を暴力に訴えてはいけない。

話し合えば、必ず希望が見えてくる。

誠の道は、岩をも砕くのだ。

倫正が、喘ぎ喘ぎ語る言葉を聞きながら、カミちゃんは悔しくて涙をこぼした。カミちゃん以上に、兄の倫起《りんき》が、盛んにうなずきながら、涙をこぼしていた。

5

カミちゃんはワラビナー（童名）で、戸籍上の名前は節子だ。でも、村人や友達はカミちゃんと呼ぶ。学校の先生も時々、カミちゃんと呼ぶことがある。

曽祖父の倫寧おじいも祖父の倫久おじいも、そしてお父も生まれてくる子にワラビナーを付けた。ワラビナーは沖縄名で戸籍上の名前はヤマトナー（大和名）だという。かつてはトーナー（唐名）もあって沖縄の人は三つの名前を持つ時代もあったという。

カミちゃんには、もちろんトーナーはないが、お父が付けた節子とカミーの二つの名前のうち、どちらかというと節子よりもカミちゃんという名前が気に入っている。カミーでなくてカミちゃんだ。ずーとカミちゃんと呼んで欲しい。

カミちゃんの兄弟姉妹は八名だ。両親は倫正とウシ。上から順に倫起、文子、節子（カミちゃん）、ツル子、倫英《りんえい》、光子、静子、倫佑《りんゆう》だ。みんなに童名があるが、小学校に入学するころからは実名で呼ばれ始める。

カミちゃんは上から三番目なので、なんとか早く働いて我が家のために役立ちたかった。弟や妹の面倒を見るためにも早く経済的に自立をし、両親の負担を軽減したかった。姉の文子とは、よくそんな話をした。

兄の倫起が、嘉手納農林学校を卒業して鳥取高等農業学校に進学した。それを機会にカミちゃんは文子と二人で、胸に温めていた思いを一緒になって父の倫正に告げた。県外の紡績工場へ働きに出ることだ。村の若い娘たちは、そのようにして実家に仕送りをする者が多かった。しかし、二人の娘の申し出に倫正は反対した。

駄目だ。お前たちは自分の人生を考えればいい。家のためとか、兄弟のためとか、そんなことで自分を犠牲にするのではない。

自分の人生を犠牲にするような人生を送ったら、父さんは喜ばないよ。だれかの犠牲になるためにお前たちを育てたのではない。自分の人生を歩みなさい。

夢や苦労は自分のために使いなさい。夢が叶うかどうかは分からないが、それに向かって努力している姿を見るのが、父さんは一番嬉しい。そのための苦労だったらいくらでもやりなさい。だれかのためだといって夢を捨てたら駄目だ。夢を耕し、大きく育てなさい。そのための苦労だったら、父さんも母さんも一所懸命応援する。

父はそんなふうに諭した。カミちゃんと文子は思わずうなずきかけたが、その思いを必死に堪えて内地に行かせて欲しいと頼み込んだ。何年も考えてきたことだ。途中から父の意を汲み方向転換をして、自分のためだと言い足した。

ヤンバルには働き口がない。村の女たちのように頭に盥を乗せて魚を売り歩くのは重労働だ。県外で働くことは魚を売り歩くよりも現金収入が多い。また、那覇に出て行くよりも、どうせ出て行くのなら、見聞を広めるためにも県外で就職したい。また、村には時々、県外への就職斡旋業者がやって来る。その募集に応じて、先輩たちも数多く県外で働いている。心配することではない。数年間の出稼ぎだ。必ず戻って来る。礼儀作法や習い事を学ぶための修行の期間だと思って欲しい。きっと自分たちの夢を見つけて戻って来る。

そんなことをカミちゃんと文子は、顔を見合わせながら交互に倫正に告げた。カミちゃんは、十八歳、文子は二十歳になっていた。

倫正はやがて、了解した。

お前たちは頑固だなあ。だれに似たのかなあ。

お父さんにです。

倫正はやっと笑った。母ウシも笑っていた。

父と母は倫起が鳥取高等農業学校に行くといった時も驚いていたが、今回も驚いていた。

お母よ、子どもたちは勝手に大きくなっていくなあ。

二人とも無理をして体を壊してはナランドー（駄目ですよ）。

倫正の目にもウシの目にも、うっすらと涙が溜まっていた。

慌ただしく数週間が過ぎた。文子は山口の宇部紡績工場へ、カミちゃんは神奈川の富士紡績工場へ就職が決まった。宇部には村の先輩たちがすでに数名も就職していたから安心だった。そして神奈川には、カミちゃんの女友達の米子と孝子三人一緒の就職で心強かった。

　客船は那覇港から出た。両親が那覇港まで見送りに来てくれた。母ウシは二人の娘を手放す辛さに、声を押し殺して涙を拭っていた。

カミちゃんと文子は、就職して給料を貰うと、鳥取高等農業学校の倫起兄と、実家への送金を続けた。予想以上に給料は多かった。予想以上に二人の就職先の会社はしっかりしていた。

カミちゃんは、友達の米子と孝子と一緒に、休日を利用して近隣の観光にも出かけた。東京にも行った。人の多さにびっくりした。だれもが走るように歩いていた。多くの人々が群れをなして動いている様子は、ヤンバルの海を泳いでいるミジュン（魚）の群れのようだった。

カミちゃんは異郷の地での生活にもすぐに慣れた。何もかも順調だった。一年が過ぎた。和裁教室へ通って和裁を習った。二年目を迎えた。カミちゃんの枕元に父の亡霊が現れた。それが大きな転機になった。

父倫正の亡霊は何も言わなかった。じっと、カミちゃんの枕元に座っているだけだった。

お父！

声をかけ手を伸ばすと、すぐに消えた。布団を跳ねて半身を起こすと、やはり消えた。

時には亡霊でなく夢にまで現れた。故郷の海を見つめて、カミちゃんに背中を向けてじっと立っているだけだ。

カミちゃんは不安になった。父宛に手紙を書いた。返事が来るまでの数週間、胸騒ぎは収まらなかった。

文子からの返事が届いた。なぜお父からでなく文子からなのか。なぜ宇部にいるはずの文子がヤンバルに戻っているのか。不安は一気に高まった。封を切ると、懐かしい文子の筆跡の文字が飛び込んできた。

前略。

カミちゃん、元気で頑張っていることと思います。

驚かないでね。とても悲しいことを伝えます。私たちの大切な父さんが亡くなりました。カミちゃん、あなたからの手紙を受け取ったのは、ちょうど父さんの三週忌の日でした。

嘘だ！　とカミちゃんはつぶやいた。

嘘だと思いたかった。気が動転した。父の亡霊は自らの死を告げに来たというのか。

カミちゃんは驚き、何度も涙を拭きながら手紙を広げて読み続けた。懐かしい文字は、やはり残酷な出来事を伝えていた。何度読んでも同じことが書いてある。嘘ではないのか。信じなければいけないのか。

文子の手紙はなおも続く。気力を振り絞って再び読み始める。

私は、父さんの体調が悪いと母さんから連絡があり、急いで郷里へ戻りました。戻って来た私を父さんは叱りつけました。連絡した母さんをも叱りました。娘たちにとって、今は仕事が一番大事なんだ、会社を休んで戻って来ては駄目だと。カミちゃんには、絶対知らせてはいけないと、強く父さんに止められました。父さんが言うとおり、カミちゃんには知らせませんでした。兄の倫起にも知らせてはいけないと、母さんは強く止められていたようです。でも、母さんはやむにやまれず長女の私には知らせたのです。私だって、父さんが亡くなるなんて、今もって信じられません。

……。

カミちゃんは、噎せるような声を上げて何度も泣いた。深呼吸をしてまた泣いた。

父の死を知ってからは、仕事が手に付かなくなった。食事も進まず、一気に痩せ細った。

郷里から一緒に来た同僚の米子と孝子は心配して何度もカミちゃんの部屋を訪れて励ました。

身体が激痩せに急変したカミちゃんの様態を会社も心配して、一時帰郷を命じた。カミちゃんは頑張ります、と答えたが、米子と孝子も休んだほうがいいと勧めてくれた。カミちゃんも、やがてそうするほうがよいと決意して、会社の意向を受け入れた。

晴海《はるみ》の港から沖縄行きの船に乗った。船の中でも、ほとんど睡眠は取れなかった。肉親の初めての死とはいえ、これほど自分は弱かったのかと情けなくなった。両手を握り締めて、泣いてはいけない、頑張るぞ！　と気合を入れても涙が流れた。

故郷では、母親や文子、そして幼い弟妹たちと再会した。母親とは抱き合って涙を流した。痩せ細ったカミちゃんを見て、母親だけでなく文子や村人まで驚いていた。父の遺影はなかった。仏壇の位牌に新しく父の名前が刻まれているだけだった。

父をも葬っている先祖の墓へ出向き手を合わせた。幼い末妹の静子と末弟の倫佑は、父の死の意味がまだ分からないのか、墓庭《ハカナー》で遊び回っていた。父からの最後の手紙の文面が蘇った。

カミちゃん、いいか。人間は命が尽きるまで、勉強の連続だ。鉛筆や帳面がなければ、天に向かって指で文字を書き、一日一字覚えなさい。

故郷の天は青く澄み切っていた。青い空を眺めるとまた涙がこぼれた。父倫正は、祖父倫久と同じく、奇しくも四十九歳の年齢でこの世を去った。

6

倫正を失った時、母のウシは四十五歳だった。ウシは倫正より四つ年下だ。倫正の葬儀の間、ウシは健気に振る舞っていたが、カミちゃんも文子も、もう出稼ぎ先へは戻らないことにした。母を支えて、故郷で生きていくことを決意したのだ。

二人の姉妹は故郷を出ていく時も一緒だったが、故郷へ戻る決意をしたのも一緒だった。カミちゃんと文子の下には、ツル子、倫英、光子、静子、倫佑と五名の弟妹がいた。静子と倫佑はまだ学校にも通えぬほどに幼いのだ。

二人の姉妹は母と一緒に畑を耕し、村のウミンチュ（漁師）から魚を買って隣村へ売り歩く決意をした。父の現金収入が途絶えた今、父の存在の大きさに改めて気づかされた。

ウシと一緒に働いてみて、カミちゃんも文子も、改めて母の苦労の大きさに気づかされた。父の倫正は区長の仕事をしていたので、家事と子育ては、ほとんどがウシ任せだった。父は亡くなった時も、区長の職のままで亡くなった。

ウシは子だくさんの家庭で育ったがゆえに、倫正に嫁いで来ても、昼夜労苦を厭わずに働き続けた。カミちゃんたちが幼いころからそうだった。

朝は四時に起床、豆腐を作った。昼は畑へ出て芋を植え、野菜を育てた。夜は芭蕉糸を紡ぎ機を織った。水を川から汲みだして天秤棒で担ぎ、膨れ上がった大家族の食事を作った。家族みんなの着る服を繕い、洗濯をした。親豚や子豚だけでなく、山羊も多く飼っていた。

やがて子どもたちのみんなが、ウシの仕事を分担して手伝った。カミちゃんも小学生になってからは、ウシの手伝いをした。文子と一緒に洗濯を手伝い、水を川から汲んで甕に溜め、台所仕事を手伝い、山羊の草を刈った。

一緒に神奈川に行った米子と孝子は、カミちゃんの大の仲良しだったたから、一緒に遊び、それぞれの家の手伝いをした。

三人で裏山の兼久メンバーに登り、山羊の草を刈っている時だった。カミちゃんは過ってカマで左手の人差し指を切ったが、血が止まらなかった。蓬《よもぎ》の葉を採みしだいて傷口に当てて蔓草の葉で縛った。痛みは、なかなか引かなかった。

米子と孝子が心配して、カミちゃんの分まで草を刈りてくれた。顔をしかめながら痛みを堪えて家へ帰った。ウシに怪我のことを米子と孝子が告げた。ウシは二人に丁寧にお礼を言った。カミちゃんは、ウシが同情してくれると思ったが、ウシの言葉は厳しかった。

怠け者が怪我をするんだよ。いやいやながら仕事をすると怪我をするさ。

怠け者には福は来ないよ。怠け者には災いが来るんだよ。

母のウシは、父の倫正と同じように子育てには厳しかった。

倫正とウシは、当時は珍しい士族同士の結婚だった。ウシは大兼久の隣村、饒波《ぬうは》の具志堅《ぐしけん》家から倫正の元に嫁いだ。饒波は大兼久と違って豊かな村だった。入り江になった川沿いの村だったが、ヤンバル船が村中まで入り、那覇《なは》や与那原《よなばる》とヤンバルとを結ぶ港になっていた。その村に、ウシの先祖も照屋家と同じように明治の初め首里から流れ着いたのだ。

具志堅家も子だくさんであった。ウシは八名兄弟姉妹の末っ子で、大家族には慣れていた。それゆえにか、頑固な義父倫久との付き合いも上手だった。倫久の士族としての誇りや寂しさもよく分かっていたのかもしれない。倫久はウシのことをとても気に入っていた。長男の嫁ということもあったのだろうが、同じ士族の末裔ということも倫久を嬉しがらせていた。子どもたちのしつけに厳しいことも、倫久は気に入っていた。ウシは子どもたちに向かって容赦しなかった。

人様を敬うことができなければ人間でなくなるよ。
常に礼儀正しく、言葉遣いにも気をつけなさい。
他人の悪口を言ったら自分も悪口を言われるよ。
他人を助けたら自分も助けられる。
ウシは、よくそんなことを言ってカミちゃんたちをしつけていた。もちろん、母親としての愛情もたっぷり持っていた。

ウシは和裁が得意で、仕立物の注文を受けてよく針仕事をしていた。カミちゃんも母親の仕事に興味を持ち、傍らに座って布の切れ端を貰い人形の着物を縫った。時には、貰った布を継ぎ合わせて自分だけで縫物をして楽しんだ。

ウシは裁縫道具をきちんと整理していたが、それを自由に使わせてくれた。その時の体験が、神奈川での短い期間だったが、カミちゃんを和裁学校へ通わせたのだ。

見イナリ、聞キナリも（見て聞いて真似をするのも）、勉強のうちだからね。好きなものを見つけたら、好きなようにやりなさい。

ウシは、これ以上にない笑顔で、カミちゃんの頭を撫でた。これが厳しい母親かと疑うほどの優しい笑みだった。

倫正が亡くなっても、ウシはめげなかった。これまでどおり、子どもたちのために一所懸命働いた。むしろ夫を失った悲しみを振り払うかのように、これまで以上に気を入れて働いた。さらに、村の婦人会活動にも積極的に参加した。婦人会の主催する展示会では、味噌づくり、漬物づくり、和裁などの部門では、いつも一等賞を獲得していた。

照屋のアンマー（お母）が作る豆腐は美味しい。

そう言われてウシの作る豆腐は評判になり、村役場や学校からの注文も舞い込んだ。ウシは、いつの間にか婦人会の幹部に推薦され、みんなをリードする役割を担っていた。

カミちゃんも文子も、そんな母親の背中を見て頑張った。母親と同じように、父親を失った悲しみにいつまでも泣き崩れている訳にはいかなかった。兄の倫起が鳥取高等農業学校へ留学している今、二人が照屋家を支える年長者だった。いつの間にか二人とも「働き者の文《フミ》ちゃん」「働きの者のカミちゃん」と、村人から噂されるほどの娘に成長していた。

7

働き者と評判になった照屋家の二人娘のうち、文子に縁談が持ち上がった。村の青年平良《たいら》仲善《ちゅうぜん》が、長女の文子を見初めたのである。

カミちゃんは喜んだが、文子は少し不安になった。なぜなら、結婚したら仲善はすぐに南洋諸島の一つパラオに渡りたいというのだ。

仲善は誠実な男である。そのことは分かっていた。また、その人柄に、文子は好意を抱いていた。しかし、なんだかパラオに渡るために自分と結婚を決意したような気がして不安になったのだ。

姉の文子から、そんな不安を打ち明けられて、カミちゃんは一笑に付した。

姉ちゃん、贅沢だよ。それはたまたまだよ。たとえそうであっても、好きな人と新しい土地で苦労をすることは幸せなことだよ。

パラオには大兼久の人がたくさん渡っている。姉ちゃん、心配しないでいいよ。心強いことだよ。

実際、そうだった。大兼久の人たちは、南洋諸島の中でも、パラオに多くの人たちが渡っていた。出稼ぎの人もいれば永住を決意していく人もいた。パラオだけでない。八重山諸島や台湾に渡る人々も多くいた。

大兼久は、人口が増えるにつれて、土地が手狭になっていた。また、海の幸にも限りがあった。昭和の初年代である。南洋進出を国策の一つにしている国の奨励もあり、遠い南洋諸島の一つパラオに夢を託す人は多かった。親戚縁者の呼びかけに応じる者もあれば、また「南洋興産」など大規模な国策会社の募集に応じて参加する若者もいた。

平良仲善は、親戚縁者の招きに応じたものだった。

パラオの景気はいいし、豊かな漁場が目の前にある。魚は獲っても獲っても無尽蔵だと思えるほどに豊かだ。一緒に漁船団を組もう。

そういう誘いだった。平良仲善は村の若い有望な漁師であった。

文子は、母親のウシにも励まされて、やがて結婚を決意した。妹のカミちゃんにウシのことを頼んで、パラオへ渡っていった。昭和十二年のことだ。

さすがにカミちゃんも、姉の文子がパラオに渡ってからは寂しさが募った。いつでも一緒で、いつでも励まし合ってきた姉がいなくなったのは辛かった。

しかし、目の前には自分を頼りにしている弟や妹がいる。頑張らねばと言い聞かせた。これまで以上にウシを助け、仕事に精を出した。ウシから機織りを習い、一人で芭蕉糸を紡ぎ、機を織った。また好きな和裁で一層腕を磨いた。その結果、カミちゃんに仕立てをお願いする人も出てきた。

ただ祖母のウトが体調を崩して、寝込むことが多くなった。もう八十歳の高齢になっていた。息子の倫正を失ったことにショックを受けていたが、カミちゃんと文子が山口の宇部と神奈川から帰り、もう県外には戻らずに、家にとどまりウシの手伝いをすることを聞いたウトは、手を上げ、仏壇の前でカチャーシーを踊った。実際、ウトは踊りが得意だった。倫久はウトの踊りを見て結婚を申し込んだというのが、ウトの自慢の一つだ。

倫久おじいは、ウトおばあに惚れたんでなくて、踊りに惚れたんだね。

そんなふうに孫たちから冷やかされていたが、踊りの自慢はやめなかった。ときには、にこにこと笑いながら立ち上がって、手拭いを頭に巻き、自らクチサンシン（口三線）をして、歌を歌いながら手を上げて踊った。動きは小さくなったが、手さばきも腰の据わりも自慢するだけあって実に見事だった。村の豊年祭などでも、パーランクー（小太鼓）を叩き、歌を歌い、長年、ジカタ（地謡）を務めていた。

機を織っているカミちゃんの元に、寝たきりのはずのウトが起き上がってやって来て言った。

家族のみんなに別れを言うから、カミちゃん、みんなを集めなさい。

カミちゃんは驚いた。いつの間にか傍らにウトが座っていたのだ。慌ててウトを抱くようにして寝床へ連れて行った。

カミちゃん、お願いだよ。今日はどこにも行かないで、ムル集ミリヨ(全員集めなさい)。

おばあが、ユシグトゥ（遺言）をするからね。

そんなことがあるものかと、カミちゃんは信じなかった。畑から帰って来たウシに告げると、ウシはうなずきながら信じたようだった。すぐに弟妹を集めなさいとカミちゃんは言われた。

それから、ウシは、ウトおばあの大好きなあずきのおかゆを丁寧に作った。

ウトはおかゆを食べながら、仏のような優しい笑みを浮かべた。

マーハムン（美味しいもの）を食べたから、グソーヌ道ヤ、アッキヤッササ（あの世への道も歩きやすくなったよ）

ウトはみんなの目の前で笑顔でそう言った。ウシが涙を拭った。ウトは、カミちゃんを呼んで、自分を抱き起こして支えてくれと頼んだ。家族のみんながウトの周りに集まった。妹のツル子、光子、静子、そして弟の倫英、倫佑が、おばあを見つめた。
マーガヌチャー、ユウチチヨ（よく聞けよ）。
一寸先ハ闇ヌ世。ヤシガ、イチマディン闇ヌ世ヤ、アランドー。ティーダヤ、カナージ昇ティチュクトヤー。（太陽は沈んでも必ず昇るよ）
チュヌ（他人の）幸せを羨ましがってはいけないよ。自分の幸せを見せびらかしてもいけないよ。アトゥマサイ、子マサイヌド幸セヤンドー（子の幸せが親の幸せだよ）
人間ヌカーギヤ、カールヤンドー（美顔は皮に過ぎないよ）。心ガ第一ヤンドー。
マーガーたーよ。おばーと似リヨーヤー。
おばあは、臨終前のユシゴトゥだと言った。そんなことがあるものかと思ったが、カミちゃんは、おばあの話を聞きながら、そんなこともあるような気がした。そしてそんなことが起こったのだ。ウトおばあは、背後から抱きかかえていたカミちゃんの腕の中で八十歳の生涯を閉じた。カミちゃん、二十二歳の時だった。

8

兄の倫起から、カミちゃんへ手紙が届いた。

好きな和裁の勉強がしたいのなら、ヤマトに出て来て勉強しなさい。お兄ちゃんが学費は考える。今まで、家族に迷惑をかけた。無事鳥取高等農業学校も卒業し、公務員として大阪府庁に就職が決まり働いている。家族のみんなに恩返しがしたい。母さんにも伝えてくれ。都合がつけられれば大阪見物に出て来るように。いつでも案内をすると。

そんなことが書かれていた。

この手紙に、カミちゃん以上に、ウシが喜んだ。涙をにじませて頬を緩めた。

お父が元気だったら、どんなに喜んだことか……。

お父も、ウトおばあも亡くなったけれど、我が家にも大黒柱ができた。これで照屋家は安泰だ。

ワンガル（わたしが）みんなの分、幸せをカブル（幸せになる）んだね。

ウシは、仏壇のご先祖様に何度も線香を立てて報告し、何度も喜んだ。

しかし、ウシもカミちゃんも、倫起の招きに応じてすぐにヤンバルを離れることはできなかった。もちろんこの申し出を大いに喜んだ。そしていつの日か、この申し出を受けたいと、カミちゃんは感謝の思いを込めて返事を書いた。涙を流して喜んだウシの思いをも込めた二人分の手紙だ。

倫起もすぐに返事を寄こしてくれた。気長に待っているよ、との温かい手紙だった。

照屋倫起が、大阪府庁へ勤務したことは、県の広報誌にも掲載されていたようで、村役場から村長がお祝いの言葉を述べに来た。

倫起くんは、こんな小さな村からでも、やればできるということを示してくれた。学校の子どもたちにも、いい影響を与えるだろう。末代まで伝える村の誇りだ。やがては、大臣にまで出世するのではないか。楽しみなことだ。

倫起くんは、小学校のころから優秀で、嘉手納農林からは推薦で鳥取高等農業学校に入学したと聞いている。将来が楽しみだな。

いつかは県に戻って、お偉いさんになってもらって、この大宜味村の名前を県下に轟かせて欲しいものだ。

村長の言葉に、ウシは満面に笑みを浮かべてうなずいた。

ウシの日々は、倫起の手紙を境に明るいものに変わっていった。文子をパラオにやった寂しさを振り払うように嬉々として畑仕事に出かけた。さらに近隣だけでなく遠くの村まで魚を売りに出かけることもあった。すれ違う村人の何人かは、倫起の出世を知っていて、声をかけ頭を下げてお祝いの言葉を述べた。ウシには、それがまた嬉しくてたまらないようであった。家に戻って来ると、カミちゃんや子どもたちを前に、このことを嬉しそうに話した。

カミちゃんはカミちゃんで、遠いパラオにいる文子姉にも知らせたくてたまらなかった。二人で紡績工場で働いて、倫起の学資にと仕送りを続けた歳月が懐かしく思い出された。この苦労が報われたと思った。もちろん、この喜びを手に入れるまでには、倫起本人の頑張りがあったし夢があったのだろう。

実際、倫起は頑張り屋だった。大兼久と大宜味の境にある大宜味尋常小学校高等科を卒業すると、倫起は村でウミンチュになった。一年後に、県立農林学校（在嘉手納）を受験して合格した。合格通知書を持って尋常小学校高等科の校長先生が家を訪ねて来た時、倫正は驚いた。倫起は親に相談することなく、黙って受験していたのだ。ウミンチュとして働いた一年間に貰った収入の半分はウシに渡し、残りの半分は進学のために預金していたのだ。

県立農林学校を卒業する年には、倫起の成績があまりにもよいので、学校の側はさらなる上級学校への進学を勧め、鳥取高等農業学校に推薦してくれた。倫起の夢は、県外の高等学校で学び、ひいては社会に役立つことのできる有為な人間になることであったから合格通知を貰った時は嬉しかった。しかし、予想どおり、倫起の父、倫正はそれを認めなかった。ひとえに貧しさゆえである。

倫起は、それでも諦めることができなかった。学費のことは自分で何とかすると必死にお願いした。倫正は、長男のお前を県外に出すわけにはいかないと頑なに拒んだ。賛成はなかなか得られなかった。

この窮状を知って、県立農林学校の先生方も、数人で父親の倫正を説得にヤンバルにやって来た。やがて倫正が、倫起や先生方の熱意に折れた。

それほど言うのなら……、倫起に頑張ってもらおうか。

頑張るのは倫起だ。私ではない。

県外で学ぶからには、首里士族の誇りをもって、しっかりと学べ。他人に後ろ指をさされるようなことは絶対にするな。

心身を鍛えろ。マコト、デーイチ（真心が第一）だ。謙虚な心を忘れるな。

父の倫正が、倫起を送り出す時にかけたはなむけの言葉だった。

文子とカミちゃんが、父の死を倫起に知らせたときも、倫起は歯を食いしばって悲しみに耐えたはずだ。父の遺言を守り、帰省はしない。父の死に報いるためにも精進する。そんな決意の手紙が故郷に届いたはずだ。

倫起は、大阪府庁を経て、滋賀県庁、愛知県庁へ勤めることになる。結婚をして子どもが生まれたとの知らせも届いた。前途洋洋たる若者の人生が目前に広がっていた。

倫起と同じようにカミちゃんの人生も大きく変わろうとしていた。

カミちゃんは、ちょうど同じころに、叔父叔母たちから縁談を勧められていた。願ってもない良縁だという。相手は、同じ大兼久の出身で、現在は長崎佐世保港に停泊中の軍艦「夕鶴」に乗船し、海軍軍人として奉公しているという。名前は平良泉次《たいらせんじ》という若者だった。

平良泉次は、誠実で律儀な男だという。大兼久には両親や兄弟が健在で、村人からの信頼も厚かった。それゆえ泉次の人柄も推し測れた。泉次は、カミちゃんより一歳年上だった。村でも学校でも、その姿は見たことがあった。礼儀正しく正義感の強い若者だったと、カミちゃんにもおぼろげな記憶がある。

何よりも、海軍の軍人さんになることは村の若者たちの憧れだった。海軍に入隊することは五体丈夫で優秀な頭脳を持った人のみが手に入れることのできる狭き門であった。その狭き門を潜った人だから結婚の相手としては、叔父叔母が言うように、もったいないほどの人物なんだろう。海軍の軍服を着けて里帰りした泉次の姿を垣間見たことがある。一瞬、心がときめいたほどだ。

ただいくつかの不安があった。一つは、母ウシと弟妹たちを残して故郷を離れることだ。そしてもう一つは、戦争の足音である。足音は、ヤンバルでも徐々に大きく聞こえるようになっていた。そんな中で軍人の妻として夫を支え、家庭を守ることができるだろうかという不安である。

ウシは、躊躇するカミちゃんを叱咤激励して背中を押した。

カミちゃん、あんたは意地クスネーラン、ヨービーラー（意気地がない、弱虫だ）。

だから、お母も心配だよ。

だがね、一度は、意地を出してごらん。自分の人生を切り開くことも大切だよ。今がその時だよ。

カミちゃん、頑張ってごらん。

ウシのその言葉で、カミちゃんは決意した。

結婚を承諾すると、佐世保の泉次から一通の電報が届いた。すぐ佐世保に来い、と。

カミちゃんは、その一通の電報を握り締めて佐世保に向かった。一九三九（昭和十四）年十二月十五日のことだ。あの真珠湾攻撃から、ちょうど一年ほど前である。

平良泉次とカミちゃんだけでなく、また照屋家一族だけではなく、みんなの人生を大きく狂わし、悲しい痕跡を残す戦争の時代は、すぐ目前に迫っていた。

第二章

1

一九三九（昭和十四）年師走、長崎佐世保の街はやはり寒かった。沖縄とは比べものにならないほどの寒さだ。カミちゃんは不安を抱いて佐世保にやって来たが、それはすぐに温かい希望に変わった。

那覇港から船に乗り鹿児島に上陸、鹿児島から列車で佐世保の駅に着いたが泉次が駅まで迎えに来てくれていたのである。海軍の軍服を着て、真面目な顔で直立して迎える泉次は大男のように見えた。実際、当時の青年たちの平均身長より高かったはずだ。

カミちゃんはそんな泉次の凛々しい姿に緊張したが、頼もしくもあり嬉しくもあった。長旅の労をねぎらう泉次の優しい言葉に、すぐに笑顔がこぼれた。以前に見た泉次の姿がヤンバルの風景と重なった。駅で会ってすぐに、この人の嫁になるんだと幸せな気分さえ味わった。

泉次は、佐世保市山手町に新築された一軒の家を借りていた。このこともカミちゃんを喜ばせた。山手町は佐世保の中心街から、やや北寄りにある郊外の町で静かな住宅地である。近くに小学校もあったが、東側には高い山が聳えていた。烏帽子岳《えぼしたけ》だと泉次が教えてくれた。この場所でカミちゃんと泉次の新婚生活がスタートしたのである。

ところが、すぐに軍人の妻の宿命ともいうべき悲しみと不安に襲われた。カミちゃんが嫁いだその年に、第二次世界大戦が勃発した。戦場は、まだヨーロッパであったが、海軍兵士は次々と召集され、緊迫した戦地へ派遣され始めたのである。

第二次世界大戦は、一九三九（昭和十四）年から一九四五（昭和二十）年までの六年間に渡る戦乱で、ドイツ、日本、イタリアの日独伊三国同盟を中心とする陣営と、イギリス、ソビエト、アメリカ、中華民国など連合国との間で戦われた全世界的規模の巨大戦争である。一九三九年九月のドイツ軍によるポーランド侵攻と、それに続くソ連軍による侵攻、そして英仏からドイツへの宣戦布告など、いずれもヨーロッパを戦場としたものであったが、一九四一（昭和十六）年十二月八日の真珠湾攻撃で、日本と米英との間の開戦により、戦火は文字通り全世界に拡大し、人類史上最大の大戦争となったのだ。

泉次は一九四〇（昭和十五）年一月十五日、佐世保第一特別陸戦隊として召集され戦地に派遣されることになった。カミちゃんが佐世保にやって来たのは、その前年一九三九年の十二月である。わずか一月足らずの新婚生活だった。泉次にも、このことは予想外のことであったようだ。

申し訳ないが、故郷へ帰ったほうがよい。この一か月はなかったものと思え。

私はいつ戻れるか分からない。戻れないかもしれない。もう一度やり直しなさい。

カミちゃんは涙を流し、泉次の言葉に首を振り、泉次の胸に縋りついた。しかし、泉治はその言葉を取り消さなかった。

泉次が家を出たのは大雪の降る朝だった。周りの景色が雪でかすんで見えた。白く積もった雪を目にするのは初めてだった。あるいは涙でかすんでいたのかもしれない。

カミちゃんは佐世保港まで行って見送ることを避けた。泉次の厳しい言葉を受けたものだった。家の中に閉じこもり、窓を開けて、ぼんやりと雪景色を眺めていた。生きて帰って来て欲しいと思った。軍人の妻としてそう思うことは不謹慎なのだろうか。そんな思いを反芻しながら、また自然に涙がこぼれてきた。

そんなさなかに、故郷大宜味村役場から泉次宛速達が届いた。封を切りそびれた。同時に今日届けなければ届けることができないかもしれない。泉次から行く先は告げられていなかったが、所属部隊は志賀部隊だと告げられていた。速達を握り締めて、しばらくぼんやりとしていたが、無性に泉次に会いたくなった。今日会わなければもう二度と会えないかもしれない。そう思うとたまらなかった。気が付くとカミちゃんは走り出していた。

佐世保港の近くにある海兵団に到着すると、番兵に制止された。

志賀部隊は、すでに武装しているから面会はできない。

出発準備は整っている。軍人の妻なら心を乱すな。

志賀部隊は最強の部隊だ。その部隊に所属していることを誇りに思え。

番兵は、つばのある帽子をかぶり、敬礼をしてカミちゃんに告げた。

カミちゃんは、それでも立ち去れなかった。雪がさらに激しく横殴りに降って来た。

カミちゃんは途方に暮れた。が、番兵もそんなカミちゃんを見て、途方にくれたのかもしれない。やがて、次のように言った。

第一桟橋で待っていたら、あるいは会えるかもしれない。

カミちゃんはお礼を言って、すぐに第一桟橋に向かった。

相変わらず雪は止まなかった。が、第一桟橋では兵士の家族と思われる数十人の人々が見送りに来ていた。カミちゃんは、ほっとして志賀部隊の到着を待った。やがて、雪の中を武装した兵士たちが、軍楽隊を先頭に四列の隊列を組んでやって来た。隊列が目の前を通ると、周りの人々も、ざわざわと色めき立ち、目当ての兵士を見つけると飛び出して行った。

カミちゃんも必死に隊列の中から泉次の姿を探した。横殴りの雪が顔に当たったが必死に目を開けた。

いた！　泉次さんだ！

カミちゃんは泉次を見つけると、小走りに走り寄った。泉次は驚いていた。握りしめた速達を泉次に手渡す。速達は開封していなかったので、内容は分からない。涙が止まらない。

立ち止まった泉次に、口早に、今日速達が届いたことを告げる。またも涙がこぼれた。

故郷へ帰りなさい！

いいか、故郷へ戻れば、いいこともある！

泉次にまたも同じ言葉を告げられた。今回は以前よりも語気を強めて言われた。そう言い残して泉次は急いで隊列に戻っていった。

カミちゃんは、その後ろ姿を見送った。雪の中を必死な思いで駆け付けて来たのに、泉次にはお礼も言われず肩に積もった雪を払ってさえもらえなかった。悔しかった。でも、無事に速達を渡したことに満足していた。そして、行進していく兵士たちを見送った後、泉次への思いを少しでも綴った手紙を渡せればよかったと後悔した。そして、その時、佐世保で泉次の帰りを待つことを決意した。

カミちゃんにとっては、わずか一月足らずの新婚生活であったが、泉次の優しさも泉次との思い出も、すでにかけがえのないものとして心の中に刻まれていた。

泉次は、休みの日には、佐世保の町を案内してくれた。近隣の港町や公園だけでなく、九十九島《つくも》まで遠出をしたこともある。寒い中、両手をこすりながら、湯気の上がる温かいうどんやちゃんぽんを食べた。正面にはいつも笑みを浮かべた泉次がいた。

佐世保で泉次を待つという決意には、軍人の妻としての覚悟もあった。待って、待って、帰って来た泉次を驚かせてやると決意したのだ。

カミちゃんは、佐世保海軍軍需部で働くことにした。このことが、戦地にいる泉次と共に国家に尽くすことになる。運命を共にすることになる、そんなふうに思われた。

軍需部は軍港を前にした建物の中にあり、仕事場からは毎日軍艦の出入りを眺めることができた。威風堂々とした軍艦を見ていると、決して沈没することはないように思われた。泉次の帰りが信じられた。待つことが楽しくもあった。

一九四一（昭和十六）年六月、泉次が出征してから約一年半後、多くの帰還兵が港に戻って来ることが噂された。どの方面に出征した兵士たちの帰還かは分からなかったが、志賀部隊も含まれているという。カミちゃんは祈るような気持ちでその噂を信じた。

その日、多くの人々と共に、帰還兵がタラップから降りて来るのを待った。兵士たちはどの顔も真っ黒に日焼けしていた。見送った日と同じぐらいに目を凝らした。

突然、カミちゃんの前に一人の男が立った。泉次ではないような気がして目を逸らした。その男が口を開いた。

カミちゃん！

泉次の声だった。

お前は、故郷に帰らなかったのか。

驚いて顔を上げた。別人のような顔になっていた。顔の形も顔の色も変わっていた。しかし、やはり泉次だった。記憶が一気に蘇ってくる。カミちゃんは驚いて思わず崩折れた。その身体を、泉次に両手で抱えられていた。

帰還した泉次は、佐世保第二海兵隊教育部隊に配属された。泉次とカミちゃんに相浦《あいのうら》町御野鬼《ごやき》海軍官舎の宿舎が提供された。山手町の住居を引き払って、海軍官舎に引っ越した。カミちゃんはそれと併せて、勤めていた海軍軍需部を退職した。

奇跡だと思った。海軍軍人の妻として、夫の一年半余の不在は長いのか短いのか分からない。しかし、朝起きると傍らに夫がいる。カミちゃんは毎日の幸せをかみしめるように一日一日を過ごした。日本軍が真珠湾を攻撃し、太平洋戦争が始まるまでの、わずか六か月ほど前のことであった。

2

一九四二（昭和十七）年、七月、カミちゃんと泉次の間に第一子が生まれた。時代に負けない明るい子に育ちますようにと陽子と名付けられた。カミちゃんの妹の静子が、大分からお産の手伝いに来てくれた。静子は、大分の紡績工場へヤンバルの二人の友人と一緒に働きに出て来ていた。その静子が、会社から休暇を貰い、カミちゃんの産前産後の家事と子育てを手伝ってくれたのだ。カミちゃんだけでなく、泉次も感謝してくれた。カミちゃんと泉次にとっては、この時期が最も幸せな時期の一つであっただろう。

陽子が生まれる前年の一九四一（昭和十六）年十二月八日、日本軍は真珠湾を攻撃した。日本は中国との間の戦争だけでなく、米英との戦争にも突入したのである。だが、泉次は戦地に送られることなく、そのまま相浦の海軍官舎に居住することができた。佐世保第二海兵隊教育部隊に配属され新兵の訓練などに当たったのである。

しかし、その歳月は長くはなかった。一九四三（昭和十八）年十二月、再び戦地へ送られることになったのである。カミちゃんは覚悟していたとはいえ、落胆も不安も大きかった。泉次は、軍人として覚悟を決めて決意を告げた。

今度は、上等兵曹として連合艦隊司令部付で出動する。

生きて帰ることはないと思え。

遺骨は、故郷で受け取れ。

よろしく頼む。

短い言葉だったが、カミちゃんは今度は拒絶することができなかった。泉次はあっという間に目の前から消えた。別れの言葉を交わすことさえ十分にできなかった。戦争が、刻々と身近に押し迫っていることは、日に日に強く感じられた。お腹には二人目の子どもも宿していたが、カミちゃんは泉次の言葉に従い故郷に帰ることを決意した。

今回も大分で働いている妹の静子を呼んで荷造りを手伝ってもらった。静子は会社から三日間の休暇を貰ってやって来た。家具の中から目ぼしいものを選び出し、梱包をして別便で母ウシの住む故郷大兼久に送る手続きをした。ヤンバルまで、届くかどうかは分からなかったがそれでも構わなかった。ここに置いておくことは出来なかった。二度とここに戻ることはないと思った。梱包の不可能なものは、隣近所へお世話になったお礼返しにと配って回った。

カミちゃんは大きくなったお腹を隠して鹿児島行きの列車に乗った。娘の陽子は静子が手を引いた。鹿児島経由で沖縄那覇行きの船に乗るのだ。

鹿児島行きの列車は満員だった。大きいお腹を抱え、長く立ったままでいることはきつかった。やがて席を譲ってくれる若者がいて、その行為に甘えることにした。

鹿児島に着いて、港の近くに宿をとった。ところが、乗船する船も出航日も、いつになるか分からないというのだ。鹿児島、沖縄間を往来する客船は次々とアメリカ軍の潜水艦に沈没させられている。スパイがいるかもしれないので、出発直前まで出航日も時間も知らすことができないというのだ。鹿児島に来て初めて知った情報である。戦争の只中に叩き込まれているという不安を今さらのように感じた。泉次を送り出した時の不安とは違う不安で、自分と陽子の死をも覚悟しなければならない不安だった。

静子がカミちゃん親子を見かねて、興奮した口ぶりで決意を告げた。

私も一緒に沖縄へ帰るよ。

姉ちゃんと一緒に陽子の子守りをしながら、ヤンバルに帰りたい。

静子は強い決意をカミちゃんに告げた。会社はこんな時勢なだけに恩義もあり、やめられないと思ったが、ヤンバルに帰ってお母のそばで、戦争を迎えるべきだ。お母を助けなければいけないんだ。そんな思いが静子の心にふつふつと沸き起こってきた。

それを聞いて、カミちゃんは強く大分に留まるようにと説得した。

私は、泉次さんの遺言だから、ヤンバルに帰るが、あんたは大分に留まりなさい。沖縄は一番に米軍に上陸されるかもしれない。大分の方が安全だ。大分に疎開していると思いなさい。

しかし、静子はなかなか聞き入れてくれなかった。

私だけが疎開するのはおかしいよ。一人だけ生き延びても嬉しくはないよ。

静子は涙を浮かべてカミちゃんに訴えた。カミちゃんは言い返した。

馬鹿なことを言うのではない。だれも死ぬと決まったわけではないよ。

お父の願いを忘れてはいけないよ。照屋家を守らなければならない。一緒に死んでは駄目だよ。

琉球士族の誇りを忘れてはいけないよ。みんなが死ぬことはないんだから。

カミちゃんは、思ってもみなかった言葉が口を出たが、それだけに必死であったのだろう。やがて静子はカミちゃんの思いを聞き入れてくれた。

カミちゃんは静子の手を取って大分行きの列車に乗せた。

静子、生きなさいよ。

お姉ちゃんも、生きてよ。

この子たちがいるんだから……、死ねないよ。

カミちゃんは陽子とお腹の赤ちゃんを指差した。

うん、そうだね。

最後は二人とも泣き笑いになった。

静子を送り出して一週間経っても、那覇行きの船は出なかった。その間に陽子が初めての旅の疲れが出たのか体調を崩してしまった。発熱して咳が止まらずに苦しそうなので、病院に行くと百日咳と診断された。栄養のある物を食べさせたかったが、食料も戦時体制下でなかなか手に入らず、旅館の食事も一日二度に減らされていた。子どもの食事は親の分から分け与える状態であった。

町に蕎麦屋《そば》があることを人づてに聞いた。陽子にお腹いっぱい、蕎麦を食べさせたくて、その蕎麦屋を訪ねることにした。噂どおり多くの人々が蕎麦屋の前で行列を作って待っていた。その行列の後ろに並んだ。陽子も目を輝かせ、背伸びをして嬉しそうに笑顔を浮かべた。

今日は、お腹いっぱい、お蕎麦を食べられるよ。良かったね。

うん、良かった。お父ちゃんにも食べさせたいね。

陽子の言葉に、思わずほろりとさせられた。戦地に出向いている泉次のことを思い、陽子の手をしっかりと握り直した。

ところが、やっと入り口にたどり着いたと思ったちょうどその時、カミちゃんと陽子の前に店主が出てきた。

今日は、ここまで。売り切れです。

カミちゃん親子の前で、シャッターが下りた。カミちゃんは慌てて店主に言い寄った。

そんな……、ずっと待っていたんです。

カミちゃんだけでなく、周りの人たちも、一緒になって抗議をした。

ないものは、ないんだ。作りたくても食材がない。これから食材探しに出かけるんだ。

明日は？

分からない。食材しだいだよ。こんな時代だ、諦めてくれ。

諦めてくれって……。

諦めざるを得なかった。

お母ちゃん、大丈夫だよ。わたし、ひもじくないから……。

陽子の言葉に陽子の頭を撫でた。涙がこぼれた。再び手を引いて宿へ戻った。

陽子は発熱が続き、とうとう肺炎になった。宿の洗面所の水で夜通し頭を冷やしたが、なかなか熱が下がらなかった。深夜である。どうしようかと途方に暮れているとき、隣りの部屋の兵隊さんが困っているのに気づいて声を掛けてくれた。事情を話すと、陽子の苦しそうな様子を見て気の毒がった。

薬店に行って薬を買ってきましょう。

そう言って外に出て行った。深夜の三時である。恐縮して頭を下げたが藁《わら》にも縋る思いだった。

それから、しばらくすると再び部屋のドアが叩かれた。

薬、手に入りましたよ。

兵隊さんは、コートを脱ぎ、大きな笑顔を浮かべて言った。

薬店主を叩き起こしました。最初は薬はない、と言っていましたが……。しつこく問いただしたら白状しました。これは避難用として取っておいたのだが、兵隊さんだからしょうがない。そう言ってこの薬を渡してくれました。「エキホスシップ薬」という薬なんだが、額に貼ると鎮痛吸熱の効果があるそうです。こんなふうにして兵隊は役立つこともあるんだなあと驚きましたよ。

兵隊さんは陸軍中尉だという。沖縄県羽地《はねじ》村の出身で、いよいよ第一線に出動するので、親兄弟に別れを告げに行くところだという。笑顔で、陽子の傍らに座り、しばらく様子を見守った後で自室へ戻っていった。

兵隊さんの優しさはそれだけではなかった。翌日には朝早く起きて市場まで出かけて行き、ミカンをたくさん買ってきて陽子とカミちゃんを喜ばせた。兵隊さんのおかげで、陽子も熱が下がり、すっかり元気になって笑顔を見せてくれた。

旅館に宿泊してから二週間ほどが経っていた。深夜に旅館の人がやって来て、耳元でひそひそと囁いた。

出航です。船が出ます。すぐ支度をして港へ行ってください。

旅館の中が急に騒々しくなった。いくつかの部屋から、ひそひそと話し合う人々の声が洩れ聞こえた。カミちゃんは陽子を起こし、ねんねこ半纏《はんてん》で負ぶって、五つ道具を持って暗闇の中を飛び出した。五つ道具とは、水筒、ロープ、ナイフ、電灯、笛である。万一の時に備えての物だったが、持っていない人は乗船させないと言われていた。また妊婦は乗船させないとも聞いていたので、悟られないようにお腹をねんねこで隠した。

船のタラップを上った時、背中の陽子に尋ねられて初めて気がついた、優しくしてくれた若い兵隊さんが傍らにいなかったのだ。しかし、もう戻ることはできなかった。

兵隊さん、大丈夫だよね。

大丈夫だよ。兵隊さんは強いからね。

うん、お父ちゃんも強いよね。

そうだよ、お父ちゃんも強いよ。

何が大丈夫かは分からないが、カミちゃんは、そう言って陽子を宥《なだ》めて乗船し、背負っている帯を解いた。帯を解くと優しくしてくれた兵隊さんの名前を聞いていないことにも気付いた。我ながら情けなかったが、もうどうしようもなかった。

乗船すると、非常時に備えての訓練が何度もあった。カミちゃんは二人目の子どもを身ごもっていたから、お腹が目立ち始めていた。訓練は辛かった。体に障りがないように用心深く体を動かした。万一の時は、陽子をいかに素早く背負うことができるか。それのみを考えた。陽子にも強くこのことを言い聞かせた。

船中では機会あるごとにあの若い兵隊さんを探したが、姿は見えなかった。カミちゃんが乗船した数時間前には、もう一つの客船が出港したことをも聞いていた。どちらかの船に乗っていることを祈った。

不安の中で三日目を迎えた。万一のこともなく無事に那覇港に着いた。那覇港の桟橋では多くの人々が待っていた。その中には目を赤く腫らして涙を流している人々もいる。様子がおかしいので尋ねてみると、前に入港する予定の船が米軍の潜水艦に攻撃されて沈没したというのだ。もしやこの船に救助された人々が乗っているのではないかということで、前の船の家族が待っているのだという。

背筋が寒くなった。一つ前の船に乗っていたら、今ごろは陽子と一緒に海の底に沈んでいただろう。沈没させられなかったのは単なる巡り合わせで運が良かったのだと思った。同時にあの船に、あの優しかった兵隊さんが乗っていたのではないかと気がかりになった。出発前にはその船に乗っていることを祈ったのに、今は乗っていないことを祈った。これが戦争なのか。今戦争の只中にいるんだと自覚させられた。そう考えると、カミちゃんたちの乗船も無謀であったような気がして気が滅入った。気持ちを整理して、まっすぐに前を向いた。

港には泉次の母親が迎えに来てくれていた。鹿児島での二週間の滞在中に、カミちゃんの財布は空っぽになっていた。ヤンバルまでのバス賃を義母に払ってもらったが、恥ずかしい思いでいっぱいだった。何とも言えない申し訳なさと不安を感じながら六年ぶりの郷里へ向かった。

義母からは、バスの中で次のように言われた。

長男の嫁が妊娠しているので、次男嫁のあんたは、妊娠しているけれど、本家に迎えることができない。あんたの母親の待つ実家に戻って出産して欲しい。昔からの村のしきたりで、二人の妊婦を一つ屋根に住まわせる訳にはいかないのだ。

……と。カミちゃんは、このことも複雑な気持ちで聞き入れたが、母親の待つ実家に戻れることに、どこかで安堵していた。

3

郷里大兼久に着いてバスから降りると、大きく両手を広げて故郷の風を胸一杯に吸い込んだ。義母に言われたとおり、まっすぐに実家に向かった。懐かしい照屋家だ。母ウシは門まで出てきてカミちゃんと陽子を迎えた。陽子を抱き上げるウシを見て、カミちゃんはやっと緊張の糸がほぐれて安心した。

ウシは、美味しいソーキ汁を炊いて待っていてくれた。カミちゃんは生きて故郷の地に立てたことに言い知れぬ感動さえ覚えていた。

ヤンバルの風景を眺め、母ウシと過ごす日々は、カミちゃんへ安らぎを与えてくれた。緊張感に押しつぶされそうだった日々を忘れるかのような至福の時間だった。なんといっても故郷だ。家の柱や竈だけではない。見渡す村の風景や、海、山、川、どこにでもたくさんの思い出が詰まっていた。目を凝らすだけで幼い日々の思い出が蘇った。静かな波の音に心が癒され、風が揺らす木々の枝葉が、幸せを手招いているようにさえ思われた。

戦争の気配は、佐世保や鹿児島、那覇で感じた緊張感とはほど遠かった。確かに、那覇、南部から、避難民がヤンバルを目指してやって来ていたが、その数はまだ少なかった。迎えるヤンバルの人たちの緊張感も薄かった。ヤンバルは戦争の只中ではなく、戦争を迎える準備をゆっくりと始めている。そんな様相だった。しかし、確実に一歩一歩、このヤンバルの地にも戦争の波は押し寄せていたのだ。

カミちゃんは、二人目の子を妊娠し、もうすぐ臨月を迎えるということもあったから、ウシと共にあえてその気配を追い払っていた。家の中で生まれてくる子のためのおしめを縫いながら、まどろむような日々を過ごしていた。

そんなカミちゃんの様子を窺うように、幼いころの遊び仲間たちが時々顔を見せた。互いの無事を喜び合ったが、あるいはひと時でも、戦争の足音に耳を閉ざし目を塞《ふさ》ぎたかったのかもしれない。多くは渦中にあるはずの戦争のことではなく、過ぎ去った幼い日々の思い出が話題の中心だった。数人が集まると、縁側でミジュン（魚）が飛び跳ねるように騒ぎ立てた。

ヤシガ（ところで）、あのウーマク（腕白な）カミちゃんが、もうすぐ二人目のアンマー（お母）になるなんてね。信じられないさ。

チビグヮーだったが、マギークナティィヤ（背も小さかったけれど、大きくなったねえ）

ガサミ（蟹）とだけ遊んでいたのにね。

ガサミとだけでないよ。村のおばあたちとも、デージ（とても）仲良しだったからね。

平良のおばあとも、仲良しだったよね。

カミちゃんは村のおばあや、おじいたち、みんなの人気者だったからね。

おじいおばあと遊んでいたんじゃなくて、おじいおばあたちに遊ばれていたんだよ。

そうだね。それは間違いないね。

笑い声が上がる。幼いころの友達は遠慮することがない。なんだか、妊婦で外出できないカミちゃんを利用して、みんなで寂しさを紛らわせにやって来ているような気がする。

幼友達の多くはすでに結婚していたが、夫や兄弟、そして父親までもが徴兵されて戦地に送られていた。もちろんカミちゃんの家族も例外ではない。

弟の倫英は、予科練生として山口県の岩国海軍航空隊に入隊していた。予科練とは海軍飛行予科練習生のことで、大日本帝国海軍における航空兵養成制度の一つである。心配する母親を慰めるために、倫英は両手を横いっぱいに広げて空中戦を真似して部屋中を走り回った後に旅立ったという。

飛行機から封筒いっぱいのお金を落とす。お母、受け取れよ。

ヤンバルの上空を飛ぶときは翼を振って合図するからな。

倫英はそう言って、両手を振ってウシを笑わせ故郷を離れていったという。

弟の倫佑は名護にある沖縄県立第三中学校の生徒で寄宿舎に寝泊まりしている。数か月前からほとんど授業がなくなり、近くに駐屯する日本軍の陣地造りや防空壕掘りに駆り出されている。

ウシは、三人の男の子が一人も家にいないからなのか、愚痴をこぼすことも多くなった。

親にとってはね、ワラビ（子ども）が一人前になっていくのは嬉しいことだけれど、寂しくてね、一日一日が幸せを削り取られていくように思われるよ。

カミちゃん一人だけでも、お母のそばにいてくれて嬉しいさ。

カミちゃんは福の神だよ。

考えてみると、夫の倫正を亡くした後、ウシには一人だけの日々が長く続いていたのだ。カミちゃんはウシを慰める。

お母、寂しいことはないよ。子どもには孫ができるでしょう。孫にも、おばあの命が繋がっているんだよ。一日、一日、幸せを積み上げることができるさ。

アンヤサヤー（そうだねえ）カミちゃん。あんたは意地クスネーランクトゥ（意気地がないから）、どこにも行くことはできないけれど、あんたが親孝行をするんだね。

あれ、私だって、意地クスはあるよ。

アンヤミ（そうなのか）。そう思うのが上等やさ。

カミちゃんはウシに反論するが、ウシは悠然としたものである。

しかし、ウシが言うとおり、みんな家を出ていってしまっている。倫佑も名護の寄宿舎にいるから家を出ているようなものだ。長男の倫起は、大阪府庁を経て今は愛知県庁に勤めている。次男の倫英は予科練で山口へ。長女の文子は嫁いでパラオに渡り、三女のツル子と五女の静子は県外の紡績会社に就職している。四女の光子は倫起の家に子守りの手伝いに行っている。考えてみるとウシの愚痴が出るのも無理はない。夫の倫正には早くに先立たれたのだ。静子がヤンバルに帰りたいと必死に頼み込んだ気持ちもよく分かる。

ウシは、いつもつぶやいている。

ワラバータアア（子や孫たち）が育っていくのを見るのが、親の楽しみだからねえ。お父はこの楽しみも知らないで、先に逝ってしまったんだからね。不幸な人だね。

ウシの嘆きは、夫を失ったことにも及んでいく。

カミちゃんは、軍艦に乗って戦地に行っている泉次を思い浮かべる。ふと、ウシに夫を亡くすかもしれない自分の姿を重ねて慌てて首を振った。

名護に住んでいる倫佑は、土日になると時々帰って来る。カミちゃんは、ほころびた学生服に内側から布を当てて繕ってやる。倫佑は、カミちゃんが繕ったその学生服を着て、にこにこと笑顔を浮かべて、また名護へ戻る。母親のウシは倫佑を励ます。

倫佑よ、学校では学生服の勝負ではないからな。頭の勝負だからな。ワカトーミィ（分かっているか）。

分かっているよ。ぼくも倫起兄イ兄イのように頑張って、内地の学校へ行くんだ。

倫佑の返事にウシは少しだけ、複雑な笑みを浮かべて送り出す。

一九四四（昭和十九）年二月二十日、カミちゃんに次女広子が誕生した。ウシは孫の誕生をことのほか喜んだ。実家で孫を生んだのはカミちゃんだけだと、上機嫌だった。

ウシを上機嫌にさせる出来事が、もう一つ起こった。愛知県庁に勤めている長男の倫起が沖縄県庁の農林事務官として四月一日付けで転勤して来るというのだ。その知らせが舞い込んだのだ。それを知って、ウシはカミちゃんの前で両手を上げ、カチャーシーを踊って喜んだ。先祖の位牌に線香を焚いて報告し、手を合わせて何度もうなずきながら満面に笑みを浮かべた。

しかし、そんなウシの喜びは束の間だった。一気に奈落の底へ突き落される悲惨な出来事が起こったのだ。ウシは、この出来事を境に村人から「フリムンウシ（気狂いウシ）」と名指されるのである。

4

長男倫起の沖縄県庁への赴任は、もちろんカミちゃんも小躍りして喜んだ。

今度は自分が家族に恩返しをする番だ。カミちゃんは好きな和裁学校へ通ってもいいぞ。

そう言ってくれた倫起の優しさを思い出した。父親を若いころに亡くし、夫の泉次も戦場に出かけている今、カミちゃんにとっても心強い倫起の帰沖だった。

村役場でも、歓迎の準備がなされた。大きな垂れ幕が掲げられた。幼い陽子までがその垂れ幕を指さして、はしゃいでいた。子どもたちを含めて家族全員で沖縄へ赴任するのだ。カミちゃんは和裁の特技を生かし、母のウシに紋付き袴を仕立てて、倫起を迎える準備をした。

倫起には四名の子どもがいる。倫信、直子、律子、芳郎の四人である。倫信は小学校の三年生、直子は一年生、律子は四歳、芳郎はまだ一歳の乳飲み子だ。妹の光子が、倫起に請われて子どもたちの世話と家事手伝いに出かけていた。光子はちょうど二十歳だ。その光子も一緒の帰省だった。家族は那覇で新居を構えるが、しばらくの間、ヤンバルに滞在するという。カミちゃんもウシも、その日を心待ちにして迎えの準備をした。

沖縄赴任の辞令をもらった倫起は三十四歳。ちょうど働き盛りだ。奥さんの貴美子さんは、倫起より四歳年下で三十歳。大兼久の隣村、根路銘《ねろめ》の出身で、才色兼備の誉れ高い女性だ。沖縄県立第一高等女学校を卒業後、県外の徳島県撫養《むや》高等女学校を昭和六年に卒業した。教職の道へ進み就職したが、倫起とは大阪で出会い結婚した。

貴美子は夫倫起の赴任地を追いかけて学校を転勤した。滋賀県立近江木戸尋常小学校、愛知県立守山国民学校の教師を務め、昭和十九年三月に退職した。もちろん、倫起の沖縄への赴任による退職である。倫起家族六名に、光子を加えて総勢七名で、大阪から那覇行きの船に乗ったのである。

カミちゃんには、少し不安なことがあった。数か月前、鹿児島で那覇行きの船を待った日々のあの緊張感と不安が頭をよぎったのだ。しかし、母ウシの喜ぶ姿を見ていると、口に出して言うことは憚られた。ただただ無事を祈り、ひたすら母の羽織袴を縫い続けた。

しかし、カミちゃんの悪い予感は的中した。赴任日の予定を過ぎても帰って来ない倫起家族に不安は次第に増していった。

第一報は、母ウシの伯父で県庁に勤務している具志堅興幸からもたらされた。倫起家族七人は、大阪から「台中丸」に乗船、四月十二日、大島沖で米軍潜水艦の魚雷を受けて撃沈された。一家全滅したというのだ。

嘘だ!

嘘だ！　嘘だ！

ウシは気が狂わんばかりに泣き叫んだ。

カミちゃんは、ウシの兄、具志堅興宝が大宜味村役場に勤務しているので、慌てて訪ね、村役場から県庁へ問い合わせてもらった。

遭難したかもしれない。はっきりしたことは分からない。

これが、問い合せに対する県庁の答えだった。はっきりしたことは分かっているはずだ。カミちゃんは震えながらその答えを胸に抱えて家へ戻った。

ウシは狂乱状態にあった。倫起家族の安否を問うウシの言葉に、カミちゃんは黙っていたが、余りの強引さに注意を払いながら用心深く答えた。その答えを聞くとウシはますます暴れた。周りの物を手あたり次第に辺りに投げつけた。うなり、泣き、喚き、身体を震わせ、髪を掻きむしった。

ウシは人でなくなったと思った。夫を失い、健気に振る舞っていたあの冷静な母親の姿はどこにもなかった。幼い陽子は、その姿を見て怯えてカミちゃんにしがみついた。周りを気にすることもなく、大声で泣き叫ぶウシの姿を見て、倫起一家の全滅は、一気に村中に広がった。ウシを気の毒に思い、見舞いに来た客にさえ、ウシは毒づいた。

イッターヤ（あんたたちは）、ワンナー（私たち）を笑いものにするために来たのか。

帰れ！

ウシは感情をむき出しにして、客を追い払った。そうかと思うと優しい声音でカミちゃんに諭すように言い聞かせた。

倫起は泳ぎが上手だからね、きっと帰って来るよ。シワサンケー（心配するなよ）。アリ、アチャーヤ（明日は）帰って来るからねって、連絡があったよ。ワラバーター（孫たち）の荷物を送ったよといって、連絡がアイタンドー。

そうかと思うと、人の気配や風の音にさえ大声を上げて喚き散らした。

帰れ！

イッターヤ、ヤマトからの荷物を、盗むつもりで来たんだな。

帰れ！　帰れ！

ウシの感情の起伏は激しかった。カミちゃんにも、母の狂乱をどうすることもできなかった。どんな言葉で慰めても効き目はなかった。また慰めようがないほどの大きな悲劇だった。ウシは、息子と娘と、嫁と孫たち、一家七人全員を一気に失ったのだ……。

ウシは時々姿を消した。幼い二人の娘を抱えたカミちゃんを置いて、一人でユタ（巫女）の元にも出かけていた。倫起家族の生きているという確証を得たかったのだろう。

しかし、好ましいハンジ（判示）は何もなかった。ユタから言われた言葉を茫然として聞き、カミちゃんの前で繰り返すこともあった。

ずぶ濡れになった七人が、家の前に座っているよ。

みんな泳いで帰って来るよ。心配ないさ。

いかだに乗っているのが見えるよ。

あの世があるんだから、みんな幸せになれるよね。

シワサンカヤ（心配しないでおこうね）、カミちゃん。

だけど、年寄りの私を置いてあの世へ逝くことなんてあるかね。

倫起は親不孝者だね。

この、親不孝者が！

馬鹿たれが！

そんな言葉を口にして、ウシは余計に荒れ狂った。

仏壇の前で荒れ狂っているウシを見て、ああ、ユタの所へ行ったんだなと思うこともあった。ウシは、しまいには、死んだ夫や、祖父母を罵った。

子どもや孫を守ってくれないウヤファーフジ（先祖）があるか。

イッターヤ（あんたたちは）、ヌウヌ（何の）役にも立たんさや。

そう言って、ウシは喚き続けた。

ある時は、畑に出かけて行ったかと思ったら、すぐに帰って来た。

七羽のカラスが飛んできて鳴くんだよ。芋も掘れないから、今日は帰って来た。

ウシは、カミちゃんの問いにそう答えると、裏座に座り、ぽかーんと黙ったままで一点を見つめ続けた。本当に気が狂ってしまったのではないかと思われた。

夜中に姿が見えないので、慌てて外に飛び出して探すと、海に入り、胸まで海水に漬かりながら大声で息子や孫の名前を呼んでいた。

倫起よーい。倫信よーい。

光子よーい。貴美子よーい……。

手招きしながらだんだんと沖へ進んでいく。カミちゃんは慌てて服を着たまま海へ入り、後ろから羽交い絞めにして引きずり出した。一度だけではない、何日も何日もそんな日が続いた。

村人たちも、そんなウシとカミちゃんの姿を何度も見て驚いた。やがて、ウシは気が狂った、ウシはフリムンになったと噂された。実際カミちゃんもそう思った。できることなら、ウシと一緒にカミちゃんもフリムンになりたかった。

村人の噂を聞いて、役場に勤めている伯父の具志堅興宝が、何度かウシやカミちゃんを励ましに来てくれた。

人の生き死には、世の常だ。うろたえるな！

首里の名門、照屋家の名を汚すな。

照屋家も具志堅家も首里士族の末裔だ。誇りを持ちなさい。我を忘れてはいかん。

カミちゃんも、しっかりとアンマー（お母）を守りなさい。

今はイクサ世だ。一喜一憂するな。

カミちゃんだって、泉次さんはどうなっているか分からないだろう。

軍人の妻だ。嘆くな！

軍人の妻だと言われて、カミちゃんは余計に涙を溢れさせた。非情な仕打ちにイクサ世を恨んだ。母を見上げ、二人の娘を抱きしめていた。

5

沖縄は戦場になるという噂は、にわかに信憑性を帯びてきた。

カミちゃんにとっても、倫起兄の一家全滅の報に接してから、不安はますます大きく広がっていった。カミちゃんだけではない。村の者の多くが、不穏なざわめきの中にいた。

学校や村役場からは、学童疎開船への申し込みが盛んに呼びかけられるようになった。

米軍が上陸したら、戦火はきっとヤンバルまで広がる。上陸前に、本土に渡って避難をするのがいい。特に少年少女は国の宝だ。その命を守るのは親の務めだ。なんといっても島国の沖縄県内では米軍の砲火から逃がれるのは容易ではない。機会を先延ばしすると、避難は困難になる。戦闘要員でない者は、軍の足手まといになってはならない。国家のためにも疎開船へ乗り込むべきである。私情を捨てて奉公せよ。今がその時だ。

そんなふうに記された回覧板が家々を回り宣伝がなされていた。

カミちゃんも迷っていた。倫起の家族が乗った台中丸が撃沈されたのだ。疎開船に乗るのは危険が大き過ぎる。しかし、このまま村に残っても危険は確実にやって来るだろう。疎開することをためらって時期を失せば、周りの海は敵戦艦に囲まれて二度と疎開ができなくなる。ヤンバルが戦場になれば二人の乳飲み子を抱えて生き延びることは困難なことのような気がする。県や村役場が勧めるように、陽子と広子の命を守るには疎開船へ申し込むべきではないのか。もちろん、その際は自分も一緒に疎開船に乗るつもりだ。

しかし、村人から「フリムンウシ（気違いウシ）」と言われて、いまだ精神が錯乱したままの母を置いて本土に疎開するのはあまりにも薄情だ。それに、俺の遺骨を故郷で受け取れ！　と遺言された泉次との約束もある。子を取るか、親を取るか、夫を取るか……。

カミちゃんは、迷いに迷って決心がつきかねていた。思い余って泉次の実家に行って義兄や義母に相談した。

生きている者を大切にすべきだ。

泉次はもう死んでいるかもしれない。

泉次が死んでいたら、遺骨は実家で受け取る。

生きていたら連絡をするから、心配するな。

子どもと一緒にカミちゃん母子が生き延びることが大切だ。

お母のウシのことは心配するな。村人みんなが面倒を見る。

ウシの気分は、時間が経てばやがて収まるだろう。

結論を出すのはカミちゃん、あんただ。

カミちゃんは疎開を決意した。疎開船は「対馬丸《つしままる》」。対馬丸への乗船申込書を提出した。申し込みはしたものの、カミちゃんの気分は穏やかではなかった。母親のウシはしぶしぶと承諾をしてくれたが、それ以来無口になった。そして、やはり夜中に家を抜け出して、海水に胸まで漬かって子や孫の名前を呼び続けていた。

亡くなった倫起の嫁の貴美子さんは、隣村の根路銘の出身である。カミちゃん母子が、疎開船対馬丸へ乗船することを聞いた貴美子さんの従姉の米子さんが、カミちゃんの元へやって来た。夫新里清太郎さんの意向を受けて励ましに来たという。清太郎さんからのことづては、次のような内容だった。

子どもの将来を考えるとやっぱり疎開した方がよい。沖縄が戦場になると子どもたちを守りきれない。子どもの命を守るのが一番だ。私たちは家族五人全員で疎開船対馬丸に乗る。私たち家族だけではない。弟の新里清徳家族五人も一緒だ。九州宮崎には親戚筋の者がいる。面倒を見てくれる。戦争をやり過ごす間だけの疎開だ。戦争が終わればまた帰って来ればいい。宮崎には土地もたくさんある。一緒に農業をすれば何とかなるだろう。カミちゃん母子の分まで食料は確保できる。旅費も工面する。心配しないで一緒に行こう。

カミちゃんは、新里家の温かい好意に心を熱くした。子どもを負ぶってやって来た米子さんへお礼を言った。米子さんの笑顔を見て迷いが解消され、強く疎開を決意した。

いよいよ明日は出発という日、カミちゃんが最後の荷造りをしていると、突然ウシが、大声で泣き出した。ウシは仏壇の前で、陽子と広子を抱きしめながら叫んでいた。

アイエナー（ああ）、この二人の孫の命まで取ろうというのか。

すでに七名の子どもや孫の命を奪っているのにまだ足りないのか。

おばあの命を取りなさい。なんでこんな小さい孫の命を取るのか。

イクサ世（戦争の世）の神様、どうかウニゲーヤクトゥ（お願いだから）、おばあの命を貰いなさい。

陽子と広子が、必死にウシおばあを励ましている。

おばあ、泣かないで。

おばあ、心配しないでいいよ。おばあのお土産持ってすぐ帰って来るから。心配しないでいいんだよ、おばあ。

行カンケー。行ってはいけないよ。おばあが守イクトゥヤ（守るからね）、船に乗ってはいけないよ。

カミちゃんは、このやり取りを見て涙をこぼした。哀れな母ウシの姿を見て、胸が潰れそうになった。子どものためとはいえ、母を一人残して疎開をする自分が鬼のように思えた。自分の判断は間違っていると思った。これからはどんなことがあっても、母ウシと一緒だ。共に生きていこうと決意した。子どもだけではない。おばあを守らなければならないんだ。カミちゃんもウシの元に駆け寄った。

おばあ、私が悪かった。私が悪かった……。

カミちゃんは、三人の輪の中に入って涙をこぼして母ウシに謝った。

カミちゃん母子が乗る予定だった学童疎開船対馬丸は、一九四四（昭和十九）年八月二十日、予定通り那覇港を出発した。ところが、その二日後の八月二十二日、鹿児島県悪石島沖で米潜水艦の魚雷攻撃に遭い沈没した。カミちゃんは気を失いそうになるほど驚いた。親切に声掛けをしてくれた新里清太郎さんの家族五人、新里清徳さんの家族五人が犠牲になった。

命の定めは、ターニン分カランドー（だれにも分からないものだよ）。

一寸先は闇だよ。

亡くなった祖母ウトの言葉を思い出す。

そうだとしても、あまりにも酷い仕打ちのように思われた。罪のない幼い子どもたちの命が狙われたように次々と奪われていく。子を思う親の命が、一瞬のうちに消えていく。たとえイクサ世だとは言え、優しい人々の命が消えていくことは辛かった。

カミちゃんは涙を拭った。自分たち母子は生かされたんだと思った。そして以前よりも強く、生きたい、と思った。

6

戦争の只中にも季節は規則どおりに巡って来る。ヤンバルの夏は暑くて、そして長い。特に浜辺の狭い土地にできた大兼久の村は遮るものが少なく、照り返しの日差しも強い。砂を撒いたような村の間道は熱射で白く輝き、裸足で踏むと足裏が痛くなる。

クマゼミが村に押し迫った山裾の樹々で喧《やかま》しく鳴き続ける。初夏に白い花を咲かせるセンダンの樹には面白いように群がって朝早くから鳴き続ける。そして不思議なことに、昼の十二時を過ぎると、時を告げるようにピタッと鳴き止むのだ。

倫起家族が犠牲になった台中丸の沈没は一九四四（昭和十九）年四月十二日、新里清太郎、清徳兄弟家族が犠牲になった対馬丸の沈没はその年の八月二十二日であった。いずれも蝉が鳴きやまぬ暑い日の最中に訃報が届いた。これらの犠牲を契機に、村人は本気になって山中に避難小屋を作り、避難壕を掘り始めた。

そんな日々の中で、カミちゃんの家へ十七個の大きな荷物が届いた。宛名は照屋ウシ様で、送り主は照屋倫起であった。倫起家族は大阪から台中丸に乗ったが、荷物は鹿児島経由で送られてきた。出発の場所と時間を違えれば、あるいは倫起家族は生きながらえたかもしれない。カミちゃんは運命の残酷さを思い、そして恨んだ。

ウシは、徐々に落ち着きを取り戻しつつあったが、持ち主のいない荷物を眺めてまた悲しみを新たにした。十七個の荷物を前にぶつぶつと独り言をつぶやき、時には荷物の中に身を潜めて抱かれるように寝入った。そして、時には夜中に起きだして行方不明になった。そんな時は、決まって海へ出かけて行き、大声で息子や孫の名前を呼んでいた。海水に漬かったウシを、カミちゃんは背中から抱えて引きずり出す。これもいつものことだ。そして、ウシとずぶ濡れのままで抱き合って砂浜で泣いた。

そんな日々の中で、一九四四（昭和十九）年十月十日、沖縄全土で大空襲があった。ヤンバルの地、大兼久にも爆弾が落ちた。県都那覇は大火災になった。

日本軍の関係施設等で最も大きな被害を受けたのは在泊中の艦船で、ほとんどが壊滅状態となった。艦船以外の損失も甚大で、徴用された漁船や商船、民間の小型船の多くが攻撃され沈没した。さらに本島内にある飛行場が狙い撃ちされて航空機のほとんどが破壊された。もちろん犠牲になった兵士も多く、その日一日で軍人軍属二一八人が戦死した。

空襲を受けた那覇の市街地は九割が焼失し、死者は二五五名にのぼった。この日を境に、沖縄県は一気に戦場となったのである。

軍民一体となって戦争に対峙していた沖縄県は、さらなる被害を避けるために、危険を承知で県外疎開を促進した。また、那覇南部の住民を北部ヤンバルの地へ疎開させる施策を一層促進する。大宜味村役場も県の施策に協力をし、那覇南部からの避難民を各家庭へ割り当てた。

カミちゃんの家族も悲しみが癒えないままで母親と子ども四人の避難民を受け入れた。ウシとカミちゃんは懸命に世話をした。特にウシは、倫起の子どもたちが帰って来たのと勘違いしたのか、精一杯もてなした。蓄えた食料を分け与え、一緒に食卓を囲んで食事をした。食欲旺盛な子どもたちは、飢えも重なったのだろう。カミちゃんたち家族の食料を奪い、黙って食べるようになった。ウシは黙って見過ごしたが、カミちゃんは気が気でならなかった。やがて母子は女所帯であるカミちゃんの家族に見切りをつけたのか、お礼も言わずに黙って姿を消した。数日後にさらに北部の地を目指して国頭《くにがみ》村へ向かったことが分かった。親切を踏みにじられた気がしたが、これも戦争のなせる業だと言い聞かせた。

十・十空襲後も、大兼久は空襲や艦砲射撃を受けた。村人はさらに山奥へ避難したが、山中には那覇南部からの避難民も数多く身を隠していた。小さな山に避難民がひしめいた。岩間からちょろちょろと流れる水を汲むための行列さえできた。

名護の県立第三中学校で学んでいたカミちゃんの弟の倫佑も、十・十空襲後は学校が閉鎖になり、村に帰って来た。カミちゃんは十三歳になったばかりの倫佑と、幼い二人の娘と母親ウシと一緒に、山中へ避難した。女、子どもだけの避難であるだけに立派な壕が掘れるわけもなく、また避難小屋が造れるわけでもなかった。幼い娘の陽子の手を引き、乳飲み子の広子を胸に抱き、背中には荷物を入れた籠を背負って山中を徘徊した。母ウシと一緒に身を隠す適当な岩陰を見つけては、そこで子どもたちを抱えるようにして雨露を防ぎ、体を休めた。

カミちゃんは、村人がそうするように、昼間は岩陰に身を潜めていたが、すきを見つけては子どもたちの着替えの服や食料を得るために村に降りた。

ある日、村を目前にして四機の飛行機が低空してカミちゃんの頭上に迫って来た。カミちゃんは恐怖に身を竦め、草むらに飛び込んだ。四機は機銃を掃射しながら村や学校へ焼夷弾を投下した。目前で校舎が焼け落ち、村人の多くの家がゴーゴーと音を立て炎を上げて燃えだした。カミちゃんの家も目前で炎に巻かれて崩折れた。父や母が苦労をして建てた家で、カミちゃんの思い出のいっぱい詰まった家だ。そして、数日前までは寝起きをしていた我が家だ。ただ茫然と焼失していく家を眺めていた。

肩を落とし、精気を亡くして山中へ戻ったが、ウシには家が燃え失せたことをしばらく言えなかった。ウシに届いた倫起からの十七個の荷物も灰燼に帰した。子どもや孫の思い出の品も一瞬にして奪われた。

山中でも、遠くに日本軍や米兵の姿を目にする日があった。激しい銃撃戦を想像させる銃砲の音も聞こえてきた。

山中ではすでに食料になるものは食べ尽くされていた。同時に様々な悲劇を目撃した。

食中毒になったと思われる少年が顔を赤く浮腫《むく》ませて、ソテツを抱えて泣きながら家族を探していた。日本軍に壕を追い出されたと、老夫婦が惚けたように道端に座り込んでいた。ハブに噛まれた娘を囲んで、家族が声を推し殺して泣きながら娘の死を看取っていた。遺体を埋めたばかりの「土饅頭」と呼ばれる盛土があちらこちらに見られるようになった。集めた食料を日本兵に横取りされたと泣いている二人の少女にも出会った。山中には村人だけでなく、日本兵や那覇南部からの見知らぬ顔の避難民たちが入り乱れていた。生い茂る樹木に目隠しされた山の中で、だれもが生きるために必死に闘っていた。

カミちゃんは、歳の離れた末弟の倫佑と一緒に川蟹を探し、カエルを捕まえ、カタツムリを湯がいて食料にした。倫佑も食料集めに必死になって頑張ってくれた。

ウシと一緒になってフキを集め、ヒーグの芽を摘んだ。食べられるものはなんでも食べたが、幼い二人の娘はお腹を膨らませて泣いてばかりいた。カミちゃんは二人が栄養失調になって死んでしまう夢を何度も見た。そんな恐怖に目が覚めると、闇の中を這うようにして目を凝らし、蠢くものにそっと近寄った。まるで野生のカマキリのように静かに片手を上げて獲物を狙った。

7

絶望的な飢餓地獄の中で、カミちゃんたちはさらに奥地へ追い立てられた。カミちゃんたちが避難している岩場の前に、三十名ほどの日本兵がやって来て、ここは危ないからさらに奥地へ逃げなさいと言うのだ。

ウシは身振り手振りで断った。カミちゃんも必死の思いで、ここは私たちの避難場所だからと言い継いだ。老人と子どもだけで、遠くへは逃げられそうもない、そうも言ったのだが、米兵はもう近くに来ている。お前たちのためを思ってそう言っているのだ、と言われた。徐々に語気を強める日本兵の怒りに火を点けたら命が危ないと恐怖心が沸き起こってきた。その恐怖心を宥《なだ》め、諦めて奥地へ移動することにした。

食料は置いていけ！

と、言われたが置いていく食料はなかった。

嘘をつけ！

と、怒鳴られた。三人の若い日本兵に持ち物を点検されたが、何も出てこないことが分かると、やがて観念したようだった。

カミちゃんたちも観念して、籠に幼い広子を入れて背負った。わずかばかりの手荷物を風呂敷で包んで奥地へ向かった。

それにしても日本兵の中で銃を持っている兵士は少なかった。竹槍や先の尖った棒きれを持っている兵士もいた。軍服は汚れ、どの顔も疲弊していた。これで米軍との戦争に勝てるのだろうかと不安になった。

カミちゃんもウシも、しまいには早くこの場を去りたいという思いに駆られていた。一緒にいると米兵に狙われるような気がした。カミちゃんは、艦船に乗っている泉次のことを思い出して気が滅入った。その姿を振り切って陽子の手を握って歩き出した。

しかし、さらに山奥へといっても、どこを目当てに移動すればいいか分からなかった。途方にくれながらも獣道のような道を歩き続けた。人の踏みしめた匂いを嗅ぐようにして山の深さを推し量って歩いた。実際、カミちゃんたちは獣になっていたかもしれない。

やがて、樹々が梢を開いたように光を呼び入れている小川に到着した。カミちゃんとウシは顔を見合わせてここを避難場所にしようと腰を下ろした。

その時、不思議なことが起こった。じゃぶじゃぶと水を掻き分ける音がした、かと思うと、岩場の陰から数人の人影が現れたのである。

だれもいないと思っていたが、那覇から戦火を避けてきた家族の避難民だった。夫婦二人に子どもが四人、そして老いた母親が一緒だった。驚いたのはその登場の仕方だけではない。見知らぬ避難民にはこれまでも何度も出会ってきたからだ。緊張を解き、苦笑を浮かべて名を名乗り合ってさらに驚いたのだ。

まさか……。

はい、照屋倫起は私の兄です。

あの台中丸で一家全員が犠牲になった照屋倫起さんの家族ですか?

はい、私が妹で隣が倫起の母親です。そしてその隣が弟です。

倫起くんは、私の嘉手納農林時代の友人です。優秀な学生でした……。

倫起くんは、卒業後、鳥取高等農林学校に進学しました。私たち仲間の誇りでしたが、残念です。

私は沖縄県庁に就職しました。

私がヤンバルに避難を決意したのも、倫起くんの故郷がヤンバルだと聞いていたからです。

なんという偶然か……。

ウシが、傍らでその話を聞きながら風呂敷包みを解いた。避難するにも大切に持ち歩いていた倫起の位牌を目の前に置いた。

男は大城清吉《おおしろせいきち》と名乗った。倫起の位牌を見つめて手に取ると、思い出に浸るように撫でた後、抱きしめて号泣した。ウシが歩み寄り、男の肩を叩いて慰めた。

その日から、大城清吉一家と合同の奇妙な避難生活が始まった。特に老いた母親同士は意気投合して旧知の間柄であったかの如く、互いの話にうなずきながら笑顔を浮かべ一緒に体を寄せ合っていた。また清吉も足を怪我している倫佑をいたわるように可愛がった。しかし、それも長くは続かなかった。大城一家は、一週間もするとさらに奥地を目指して避難していった。

大城一家と入れ替わるように、今度は亡き父倫正の弟倫三《りんぞう》叔父がやって来た。アリ（あれ）、アマクマ（あちらこちら）、カメータンドー（探したよ）

噂を聞いて心配して来たんだ。

噂？

そう、噂だ。泉次屋の子どもは、泣きブサー（泣き虫）だ。いつもひもじくして泣いてばかりいる。泉次屋の子どもたちと一緒に居たら危ない。米軍に攻撃される。爆弾も落とされるかもしれない、と。

それを聞いてウシが立ち上がり、やり場のない怒りにこぶしを振り上げた。しかし、実際二人の娘は泣いてばかりいた。村人たちにそんなふうに噂されていることに寂しさを覚えたが、そんな噂が出るのは無理もないことだった。それを聞きつけて、助けに来たという叔父の優しさに感謝した。

ダア、岩の下にだけ隠れていたら病気になるよ。避難小屋を造ってあげようなあ。

ぼくも手伝うよ。

私も手伝うよ。

倫佑と幼い陽子が歓声を上げて、倫三叔父を見上げて喜んだ。倫三叔父は最初からそのつもりでカミちゃんたちを探しに来たのだろう。鉈《なた》を振り上げ、ノコギリを使い、縄で結んで小川の斜面に小さな避難小屋を造ってくれた。枝葉で雨露を防ぐ屋根を造り、地面を平坦に均して草を敷いた。粗末な避難小屋であったが、倫佑も陽子も喜んだ。もちろん、カミちゃんもウシも、屋根の下で寝るのは久しぶりであった。

小川の上流の方にも何軒かの避難小屋が見えた。このことも、カミちゃんたちを勇気づけた。倫三叔父は、小屋を造り終えると汗を拭いながらカミちゃんたちに向かって言った。

近くにはシマンチュ（村人）の避難小屋もいくつかある。

上流の避難小屋には村長が住んでいるそうだ。

倫三叔父の言葉に、カミちゃんもウシもうなずいた。

食料は自分で探して、何とか飢えをしのいでくれ。

いいか、死んではいかんぞ。

イクサ（戦争）に負けてはナランドー。

ワラバーター（子どもたち）も頑張っているんだからな。

今度は倫佑と陽子がうなずいた。倫三叔父は、二人の頭を撫で、そう言い残して家族の元へ去っていった。

カミちゃんは意を強くして、食料探しに奔走した。幼い広子をウシに預けて、倫佑と陽子を連れて遠出をすることもあった。また、村の近くに行けば、芋畑などには掘り残した芋が見つかることもある。米兵に見つかる危険はあるが、その芋を探しに、今度は陽子と広子を倫佑に預けて、ウシと二人で夜中に身を潜めながら村里近くまで出かけることもあった。

貞子がハブに噛まれた！

ウシの言葉に、カミちゃんは驚いた。一人で遠出をして戻ったきたウシは、荒い息を継ぎながら心配そうに言った。貞子はウシの兄の娘で実家の姪に当たる。本土の紡績工場から帰ってきて大兼久の隣村の根路銘に嫁いでいた。

ウイバル（上原）の区長さんと、山中で出会ったのだが、このことを教えてもらった。

マギーハブヤタンディ（大きなハブだったらしい）。

ウイバルの公民館で血清ウタッティ（打たれて）、ニントーンディ（眠っているらしい）。治ればいいけれど、重体だというから見舞いに行ってくるよ。

カミちゃん、あんたはしっかりワラバーター（子どもたち）を見守っておけよ。

私も見舞いに行きたい……。そう思うけれど、幼い子どもを置いて行く訳にはいかない。

ウイバルの公民館まではずいぶんな距離である。戻るまでは丸一日はかかるだろう。ウシの兄家族を思う気持ちに驚くが、ウシの身も心配だ。でも止めるわけにはいかない。カミちゃんには幼いころに遊んだ貞子の無事を祈ることしかできない。手を合わせてウシを見送った。

相変わらず、広子は泣いてばかりいる。お腹が大きく膨らんでいるが、いつもひもじい思いをさせている。カミちゃんもお腹だけが大きく張って、母乳が出なくなった。なんとか頑張らなければと思う。

足を怪我している倫佑に広子を預けて、陽子と二人で食料を探しに行く。樹の新芽を摘み、樹木の下のキノコを探し、カエルやトカゲなどを捕まえる。蝉《せみ》も食べる。山イチゴやクビの実が見つかればご馳走だ。

陽子は川で、小さな蟹を捕まえた。

ウシおばあが帰ってきたら、一緒に食べるんだ。

小さな蟹を大事そうに手に持つ陽子の言葉に、つい涙が出そうになる。

小屋を離れすぎて道に迷ったこともある。その時も陽子と一緒だった。陽子はまだ四歳だ。泣きもせずに歩き出す。

お母、カメさんだよ。

足元に、山カメを見つける。

山カメは、神様の使いだっておばあが言っていたよ。

道に迷ったらね、山カメさんが首を伸ばしている方向に向かって歩けばいいんだよ。きっと小屋があるよ。

陽子がそう言って指さす方向へ歩くと、本当に避難小屋に辿り着いた。おとぎ話のような出来事に、カミちゃんは泣き笑いをして、陽子を抱きしめた。

ウシがウファンマー（ウシの姉）を連れて帰って来た。ウファンマーは本家の具志堅家と一緒に山中に身を潜め避難しているという。貞子の容体が一時の危篤状態を脱して安定してきたので、ウシと一緒にやって来たという。

カミちゃんを見て、それから幼い陽子と広子を見て、そして倫佑を見て涙をこぼした。

ハンメー（ああ）、ワラバーよ、ワラバーよ（子どたちよ）。

ヤーハ（ひもじく）しているんだね。

アイエナー（ああ）、手足がこんなにもヨーガリティ（痩せ細って）。

ウフアンマーには、子どもがいない。嫁ぎ先で主人を亡くし子どもを亡くして本家に戻って来ていた。曲がった腰を折ったままで、広子を抱き上げた。

ウフアンマーはその日から、杖を突いてカミちゃんたちの避難小屋へ頻繁にやって来た。時には泊まることもあった。ソテツ、フキ、ヒグの新芽などの山菜を集め、芋なども届けてくれた。実際ウフアンマーのおかげで、餓死から免れたのかもしれない。

陽子や広子だけでなく、倫佑までもウフアンマーの来るのを待ちかねるようになっていた。ウフアンマーはやって来ると、陽子を傍らに座らせ。膝にまだ乳飲み子の広子を抱いて語り掛けるように童歌《わらべうた》を口ずさんだ。時には昔話を語って聞かせた。そんなときはいつも満面に笑みを浮かべていた。倫佑も近くに座って聞き耳を立てていた。

カミちゃんも、そんな娘たちの姿を見て意を強くした。希望はあるのだ。子どもたちの未来を切り開いてあげなければならない。失いかけていた希望を取り戻した。ウファンマーに抱かれて目を輝かせている子どもたちを見ると、この子どもたちを死なせてなるものかと熱い思いが沸いてきた。

大兼久まで降りて、再び食料集めに奔走した。遠く辺土名の村まで行くこともあった。村々の芋畑には小さな芋しか残っていなかったが、それでもないよりはましだった。カンダバー（芋の葉）があればご馳走で、子どもたちは柔らかいカンダバーを、おいしい、おいしいと言って食べてくれた。

大兼久に何度目か降りて行ったとき、役場の周りにたむろしている米兵を見た。二十人ほどの米兵が銃を担ぎ煙草を吹かしながら大きな声で笑い合っていた。役場の近くにある学校の水タンクの周りにも米兵たちがたむろしていた。上半身裸になって、子どものようにはしゃぎながら水浴びをしている。

カミちゃんはマブイ（魂）を落としそうになるほど驚いて身を隠した。一人であっただけに、よけいに冷や汗をかいて喉が渇いた。必死に息を整え、慌ててその場から後ずさり逃げ帰った。もう戦争には勝てないかもしれないと思った。戦場にいる泉次のことが思い出された。泉次はもう死んでいるかもしれない。そう思うと自然に涙がこぼれた。

その日以来、米兵の姿を山中で見かけることが多くなった。陽子と一緒に山菜採りに出かけたときも目の前に三人の米兵が現れた。慌てて陽子を抱きすくめて藪の中へ身を隠した。思わず陽子の口を押えていた。息を殺して、米兵が通り過ぎるのを見つめる。米兵は口をクチャクチャと動かしながら談笑して通り過ぎた。わずかな時間とはいえ、幼い陽子がよく我慢できたと感激して泣きそうになった。

米兵たちはさらに山中深くやって来て民家や避難小屋にも火を点け始めた。茅葺の家が炎を高く上げて燃え尽きた。緑の枝葉で作った避難小屋は白い煙を上げながら屋根を落とした。

時々銃声の音が聞こえていたが、やがてその音も途絶えた。そんな中で、メガホンを持った村役場の人たちの声が届いた。

戦争は負けた。もう降参するしかない。

米兵を見ても、決して抵抗するな。

住民は饒波《ぬうは》の村へ降りなさい。饒波は村民の収容所になっている。

そこには食べ物もいっぱいあるぞ。

役場職員が呼びかける声が、何日も山中に響き渡った。昭和二十年七月のころだ。山中に身を隠していた避難民は、一人、二人、そして一家族、二家族、やがて次々と山を下り始めた。

カミちゃんも、山を下りる決意をした。嫌がるウシを説得し、倫佑と陽子の手を引き、広子を籠に入れて背負い、山を下りた。

8

饒波には、既にたくさんの人々が集まっていた。温かいスープが用意されて、パンが配られた。多くの米兵がいて、その周りに子どもたちが群がりお菓子を貰っていた。カミちゃんも子どもたちと一緒に、米兵が配るスープを恐る恐る口にした。初めての味だったが空腹には勝てなかった。掻き込むようにスープを飲み、パンを食べた。倫佑も陽子も笑顔を浮かべていた。隣にはミルクも用意されている。広子にも久しぶりにミルクを与えることができた。見知った村人の顔も多く、互いに生き延びてきた安堵感に手を握り笑顔を交わした。日本は負けたのだという実感と共に、生き残ったのだという喜びも沸いてきた。

饒波は海から近い川沿いにある村で、大宜味村の中でも大きな村の一つである。琉球王国の時代には村の近くまでヤンバル船が入り、薪や炭などを那覇南部に積み出し、逆に那覇南部からは食料や日用雑貨などを運んで来て賑わいをみせていた村だ。

ウシの実家の具志堅家は饒波にあった。一息ついて実家を訪ねると、足の踏み場もないほどに避難民で溢れていた。実家の人々の姿は見えなかった。周りの人々に尋ねると家主の消息は分からないという。不安に駆られたが、隣接する山羊小屋は空いており、だれも使っていなかった。そこでカミちゃん家族は寝泊りすることにした。

カミちゃんは、他の村人もそうしているように、運べずに山中の避難小屋に残してきた荷物を取りに、再度避難小屋に戻った。避難小屋までは長い距離であったが、カミちゃんにはその長さはもう苦にならなかった。戦争が終わったという安堵感で足取りも軽く、避難小屋までの険しい山道を往復した。

ところが村に戻ってきて驚いた。陽子と広子が米兵にさらわれたというのだ。倫佑が錯乱したように泣いてカミちゃんに告げた。カミちゃんは驚いて荷物の入った籠を投げ捨て、山羊小屋を飛び出した。炊き出しの行われている村の広場に駆けつけると、そこにいる米兵の胸元を捕まえて娘を返してくれと大声で叫んだ。米兵は、訳が分からず戸惑っていたが、血相を変えたカミちゃんの姿に村人は驚いてカミちゃんの周りに集まってきた。

二人の娘の消息を尋ねようと必死になっているカミちゃんの姿に、村人も一緒になって米兵に詰め寄り、同時に必死になって興奮しているカミちゃんを宥《なだ》めた。米兵も数人、カミちゃんの周りに集まってきた。

ダイジョウブ。ダイジョウブ。

心配ナイ。心配ナイ。

スグ戻ル。スグ戻ル。

通訳だと思われる米兵がことの真相を理解したのか、カミちゃんに笑顔を浮かべて話しかける。やがて、その言葉どおり、トラックが広場にやってきた。大人たちが十数人荷台から飛び降りた。陽子と広子は運転席から米兵に抱きかかえられて降りてきた。カミちゃんは、張りつめていた気持ちが緩み、へなへなと地べたに座り込んで二人の娘の姿を見た。

饒波の村は樹の柵や鉄条網で囲われてはいなかったが、村全体が収容所になっていた。そしてどの家にも数家族がひしめくように寝泊まりしていた。牛小屋や山羊小屋もその場所になっていた。

具志堅家の人々も山から下りてきた。みんなで無事を喜び合ったが、ウファアンマーの姿が見えなかった。カミちゃんが尋ねると、山ではぐれて消息が分からないという。ウファアンマーを探すために山から下りてくるのも遅れたとのことだった。

カミちゃんは不安になった。あんなにも娘たちを可愛がり、山で世話をしてくれたウファアンマーに万一のことがあったらと思うと涙が自然にこぼれてきた。母親のウシにその姿を見られて、気をしっかり持てと叱られた。

具志堅家の人々は、避難民に占拠された家の様子に驚いたが、さすがに山羊小屋に寝起きすることはなかった。自らの家であることを名乗り、母屋で暮らすことになった。カミちゃんたちも誘われたがウシが断った。カミちゃんにとってもウシにとっても実家の人々の姿を見ただけでも、十分に心強い励ましになった。

饒波に収容された人々は、村中を自由に散策はできたが、村を出ることは許されなかった。村の出入り口には踏切のような簡易のゲートが造られ、米兵が銃を担いで監視していた。

村の広場では、朝と夕方の二回、米兵によってたくさんの食べ物が並べられた。山中とは違い、飢えに悩まされることはなかった。時には米も配られた。また、時には、見たこともない食べ物を口に入れ、子どもたちもカミちゃんも下痢をすることもあった。しかし飢え死にする心配は、もうなかった。

そんな日々が続く中で、ウシが鎌《かま》を研《と》いでいた。カミちゃんが尋ねるととんでもない言葉が返ってきた。

アメリカーを殺す！

倫起の敵討《かたきう》ちだ！

あんたは忘れたのか。お母は一時も忘れたことはないよ。

大切な子どもと孫、併せて七名が亡くなったんだよ。これが忘れられるか。

忘れたら犬畜生だ！

この鎌で後ろからアメリカーの首を切って、お母も死ぬ。お父が、よくやったと喜んでくれるだろう。

お父もお母も士族だよ。日本は負けてもお母は負けない。

カミちゃん、あんたは子どもを立派に育てなさいよ。

分カタンヤ（分かったね）。カミちゃん。

分カタンヤ、カミちゃんではないよ、お母……。そんなことをしては駄目だよ。

カミちゃんは必死にウシを説得する。

ウシは毎日毎日、村を闊歩する米兵を見て、抑え抑えていた憎しみが沸き起こってきたのだろう。ウシの思いも分からない訳ではない。分かるだけに悲しくなる。しかし、そうさせてはいけないのだ。

だが、カミちゃんにはウシの気持ちを宥め、説得する言葉がなかなか探せない。駄目だよ、の一つ言葉しか浮かばない。それに比べるとウシの決意は揺るがない。ウシは、子どもや孫のためにと思いつめたらなんでもやる。これまでも何度もそんな姿を目にしてきた。カミちゃんが必死に止めるのを、やはり首を振って聞き入れない。カミちゃんは声を絞り出して言う。

アメリカーの首を切った後、お母も首を切って死ねばいいさ。

子どもを立派に育てなさいって？

育てることなどできないさ。だって私たちはお母の子どもと孫だからね。アメリカーを殺した犯人の子どもと孫だといって、きっと私たちはアメリカーに銃殺されるよ。

私たちも道連れにしたいんでしょう？

可哀相に、あんなに小さい広子も、陽子も殺されるんだよね。

お母は、それで満足なんでしょ？

それでもアメリカーを殺したいならそうすればいいさ。

せっかく山の中を難儀して生き延びてきたのにね。

照屋家の跡取り息子の倫佑にも言って聞かせるから心配しないでね。アメリカーをたくさん殺してね。

カミちゃんの言葉に、やがてウシは諦めてくれた。大粒の涙をこぼして鎌を研ぐのを止めた。ウシの背中が急に小さくなったように思えた。カミちゃんは歩み寄ってウシを抱きしめて一緒に泣いた。

饒波には、若い米兵たちも数多く出入りしていた。米兵は、饒波から数キロ離れた国頭《くにがみ》村の奥間《おくま》に駐屯していた。そこに戦車を並べ、宿舎を造り、通信施設を造って米軍基地を建設していた。

奥間の米軍基地には数百名の米兵がいた。その基地に常駐し始めた米兵たちが、収容所と化した饒波に出入りしていた。米兵たちは、そこからトラックに乗って食料を運んで来た。そして村の広場で食料を分け与え、炊き出しをして、村人にスープやパンなどを配った。

若い米兵たちはジープでやって来ると村を駆け巡った。時には若いウチナー(沖縄)女性を膝に乗せ、煙草を吸いながら一緒に奇声を発していた。村人は女たちをパンパンと呼んでいた。だれもが顔をしかめていたが仕方のないことだった。女たちだって家族のために諂《へつら》っているのだろう。だれもが生きるに必死だった。

やがて、米軍から各村へ帰ってもいいという許可が出た。米やパンやミルクなどの食料は、今後もそれぞれの村へ届けるという。みんなは、喜び勇んで我が村を目指して帰っていった。カミちゃんの家族も例外ではなかった。

しかし、カミちゃんたちが住んでいた大兼久は、饒波とは違い爆弾や空襲を受け、村の家の半数以上が焼失していた。カミちゃんの実家である照屋家も焼失した。村人は、焼けずに残った数軒の家へ、四、五家族が一緒に居候をして身を寄せ合って暮らし始めた。

カミちゃんたちも焼けずに残った忠蔵屋《ちゆうぞうや》へお願いをして一間を貸してもらった。四家族が身を寄せた。庭の隅に即席の竈を造って食事をした。みんなが力を合わせて、一軒、一軒と、焼け跡に家を建て直していった。

ワラバーターヤ、元気ナア？（子どもたちは元気か？）。

突然カミちゃんの前に、一人の老婆が立った。腰が曲がったままで杖を突き、服はよれよれであちらこちら破れている。髪もばさばさに乱れ、顔は黒く汚れている。ウファンマーだった。カミちゃんは驚いて立ち上がり手を握り、肩を抱いた。

ウファアンマーよ。心配していたよ。

だあ、ナマド帰《ケ》ーラリーサ（今しか帰えられないさ）。

ウファアンマー！

陽子も倫佑も飛び出してきた。広子までがよちよちと歩いてウファアンマーの足元にしがみついた。子どもたちはウファアンマーのことをしっかりと覚えていた。

ワラバーターヨ。シワシミタンヤ（心配かけたなあ）。

ウファアンマーも、笑顔を浮かべて、子どもたち一人一人の頭を撫でた。

ウファアンマーは山中にやって来た米兵に見つかり拘束されたのだという。トラックに乗せられて羽地村の田井等《たいら》の収容所に入れられたとのことだった。そこに収容されている老人や子どもが次々と亡くなっていくので、このままでは自分も危ないと思って、収容所を脱走してきたというのだ。田井等までは、約二十キロほどの距離がある。腰が曲がったウファアンマーがよくここまで歩いてこれたと思う。

ワラバーター（子どもたち）のことが気になってね。収容所の中でフラー（気狂い）の真似をして逃げて来たさ。

フラーの真似をしたらね、ウチナーンチュもアメリカーもだれも近寄らないから、すきを見て、ヒンギティチャン（逃げて来たんだ）。

途中でアメリカーのジープにも遇《あ》ったけれどね、そのときもフラーの真似をしたら、ビスケットとか、パンとかを投げ与えてくれたよ。

みんな無事だったんだねえ。ディカチャンドー（よかったねえ）。

ウフアンマーはそういって懐から、ビスケットやパンを取り出して子どもたちに分け与えた。

ウフアンマーよ、ウンジュガ（あなたが）貰ったんだから、ウンジュガ、ウサガミソーリ（あなたが食べてください）。

アラン（いやいや）、ナマカラノ世ヤ（これからの世の中は）、ワラビが宝ドー（子どもたちが宝だよ）。はい、食べなさい。

ウフアンマーはそう言って目を細めて子どもたちを見た。

カミちゃん、クーテングワ、ユクラーイイ（少し、疲れたから横になるよ）

そう言うウフアンマーを、カミちゃんは慌てて寝床を作って横にした。

畑から帰って来たウシもびっくりしてウフアンマーの労をねぎらった。ウフアンマーの温かい気持ちに感謝して、その晩は粥とカンダバー汁を作った。

しかし、ウフアンマーは、もう起き上がることができなかった。寝たままで高熱を出しそれから三日後に亡くなった。七十七歳だった。息を引き取る間際まで、子どもたちの行く末を心配し、カミちゃんの手を握って激励してくれた。倫佑も陽子も、そして広子までがウフアンマーの傍らに正座して涙を拭った。

そのころ、大兼久では死者が相次いで出た。長い間の山での避難生活から疲労が蓄積され、栄養失調になった体にマラリヤが襲った。老人と子どもが高熱を出して毎日のように息を引き取った。棺を作る間もなく、また墓もなく、死者は次々と畑に埋められた。

ウフアンマーの遺体も村の男たちに運んでもらい、やはり畑に埋めた。せっかく戦争を生き延びてきたのにと思うと無念の思いが溢れてきた。いやこれが戦争で、まだまだ戦争が続いているのだとも思われた。

9

大兼久の人々は、村の復興に力を合わせて取り組んでいたが、なかなか容易には元の暮らしを取り戻せなかった。カミちゃんも、お腹がぱんぱんに脹れ、顔が黒ずんできた。夜になると視力が極端に落ち、数メートル先も見えなくなった。子どもを第一にと考えていたが故の栄養失調だった。

ウシは心配して、なんとか栄養の付くものをと、田んぼからどじょうを獲ってきて、火にあぶり、おつゆを作った。子どもたちも心配してカミちゃんの所に寄って来た。子どもたちにも心配をかける自分が情けなかったが、体がだるく、どうしようもなかった。何度か、起きられずに寝床に伏せたままの日もあった。

その年の八月十五日に、天皇の玉音放送があったことが分かった。八月六日と九日には広島と長崎に原子爆弾が落ちて一瞬にして数万人の人々の命が奪われ、町が灰燼に帰したことも分かった。戦後は続くが、戦争は終結したのだ。

母ウシのおかげで、徐々に体力も回復しつつあった。カミちゃんは気合を入れ直して、子どもたちを守る日々の生活に精魂を打ち込んだ。

南洋に出かけていた郷里の人々や、本土に出稼ぎに行っていた人々が、次々と郷里に帰って来た。しかし、夫の泉次の消息も、弟倫英の生死も分からなかった。倫英からは戦争が激しくなる前に、飛行兵甲種合格という通知がウシの元に届いていたが、その後の消息は途絶えた。

ウシは、もう倫英の生還をなかば諦めていた。長男の倫起家族一家の全滅の報があまりにも重たく、いつまでもウシの頭に大きな悲しみとしてこびりついていた。他の悲しみの入り込む余地はもうなかったのかもしれない。次男倫英のことはもう尋ねようともしなかった。大分で働いていた末娘静子の消息も途絶えていた。ウシは、時々寂しさを紛らわすようにぶつぶつとひとりごちた。

親チュラサ、子チュラサ（親が辛いと子も辛い。子が辛いと親も辛い）。

昔のウチナーンチュは、親子は一心同体、親子の辛さは一緒だと言ったけれど、私の子どもたちは分かっているかねえ。

なんの頼りもよこさないってあるかねえ。ねえカミちゃん。

ウシはカミちゃんの前で愚痴をこぼし、先祖の前で手を合わせて弱音を吐いた。

そんな中で文子の家族がパラオから帰還した。ウシもカミちゃんも飛び上がらんばかりに喜んだ。悲しいことばかりが続いていたが、久々に嬉しいことだった。二人で万歳をして故郷への帰還を喜んだ。

しかし、帰ってきた文子の姿を見て、カミちゃんもウシも驚いた。右脚を引きずっていたのである。夫仲善と一人の息子と一緒であったが、戦争のさなかに他の一人の息子をパラオで亡くしていた。文子に何があったのだろうか。病の後遺症だと言うが、右脚を曲げることができなくなっていたのである。

カミちゃんと文子は互いの戦時中の苦労を思いやって抱き合って泣いた。文子は、倫起家族の全滅を知って、さらに涙を溢れさせた。

文子家族も、家がなかったから、カミちゃんと一緒に忠蔵屋で身を寄せ合って暮らした。ところが、数日後に南洋帰りの文子の息子の義光《よしみつ》と、カミちゃんの娘の広子がマラリアに罹った。二人とも高熱を出した。義光の熱は間もなく下がったが、幼い広子の熱は下がらなかった。

仮住まいの狭い一間では迷惑がかかると思い、泉次の実家からの申し出もあり、カミちゃんは広子を連れて実家に行き看病をした。しかし、何日経っても広子の熱は下がらなかった。実家の人々も広子を取り囲み、みんなが心配した。

大宜味村で唯一隣村で診療を続けている医介輔の久治郎《きゅうじろう》さんを呼んで、広子の容態を診てもらった。久治郎さんは、首を振りながら、夜明けまで持たないのではないかと言い置いて帰っていった。カミちゃんは気を失った。

最後の手段だとして、実家の人々は大きな樽に水を貯め置き、穴を開けて小さなホースを通して水を広子の頭に掛け続けた。なんとか熱を下げようと必死の工夫を凝らしたのである。どれだけの時間が経ったのだろうか。気を失っていたカミちゃんが、広子の傍らで気を取り戻した時であった。広子の小さい声がした。

お母、お母……。

ありゃ、広子が生きているよ。

姉エ姉エ、姉エ姉エ……。

奇跡だ！　広子が生き返ったよ。

ありゃ、カミちゃん、はやく広子にお乳を飲ませてごらん。

カミちゃんは、広子の元に歩み寄る。幼い身体にたくさんの水を頭から掛けられて、ずぶ濡れになっている広子の身体を急いで拭いた。着替えさせて懐に抱き入れて温めた。お乳がでるか心配であったが、広子の口に乳首をあてた。広子は、震えながらも乳首を咥えて懸命にお乳を飲んでくれた。広子が生きている。カミちゃんの目から涙が溢れた。みんなに礼を言い、はだけた乳房に気づいて、少しだけ襟元を閉めた。

10

広子が死の床から蘇る奇跡が起こったが、人生はいいことだけは続かなかった。悲喜こもごもにやって来る人生の山と谷は、カミちゃんの心を揺さぶり、時には有頂天にさせ、時には悲しみのどん底に突き落とした。次にどんなことが起こるのか、カミちゃんにも予測がつかなかった。

パラオから帰って来た文子の家族は、カミちゃんたちと一緒に一つ屋根の下で暮らしていたが、夫の仲善が家主の忠蔵と一緒になって漁業に精を出した。村の復興のためにと称して古宇利島の漁民から二人で古いサバニを購入し、漁に出て魚を大漁に捕獲してくる日も多くなった。

その魚を腰の曲がったウシが先頭になって近隣の村々で売り歩いた。金銭が手に入らないときは、物々交換で他の食料と引き換えて戻って来た。ウシの頑張りは、多くの村人の目を引くほどであった。

しかし、そんな中でまた不幸が訪れた。最初の不幸は、倫英の戦死公報がウシの元に届いたのである。南洋ジャワ方面で戦死したとの公報だった。

倫英は、何のために生まれてきたのかねえ。

親孝行もしないで、お母よりも先に死ぬなんてねえ。

イクサ世というのは、薄情なもんだねえ。

ウシは、そう言いながら狭い部屋でお膳に置いた位牌を手に取った。夫倫正と娘の光子、そして息子の倫起家族の名前を刻んでいる。その傍らに、新たに倫英の名前を刻まなければならなかった。そして肩を落とし大きなため息をついた。

ウシは、倫英の戦死公報が届いた日を境に、位牌を置く仏壇を一日も早く手に入れたいと思ったのだろう。焼け跡の照屋家の土地に家を建てる資金を調達してもらいたいと、親族の家々を回り、頭を下げて懇願した。親族は長男嫁であるウシの願いを聞き入れ、本家の再建を約束してくれた。ウシは、お膳の上の位牌に手を合わせ、その喜びの言葉を、目の前に死者たちが居るかのごとく伝えていた。

皆さん、どうかもう少しの辛抱です。照屋の一門は、みんな本家の家を建てるのに力を貸してくれます。

立派な仏壇を作ります。もう少し我慢してください。

ウシは、一日も早く我が家を建て、祖先の位牌を我が家の仏壇で供養することを願っていた。それだけに以前にもまして、魚を売りに近隣の村々を歩き回った。

ところが、間もなくウシはマラリヤに罹った。四十度の高熱が何日も続いた。起き上がることもできなくなった。カミちゃんは心配で心配でたまらなかった。ウシは口癖のようにいつも言っていた。

ワンヤ（私は）、倫起家族の一家全滅以来、マブイ（魂）の抜けた人になってしまった。自分が生きているのか、死んでいるのか分からないときもある。

病気になって床に就いたら、もう終わりだと思いなさい。お父や倫起の元に早く逝きたいよ。タキチキレーからや（死の床に伏せたら）、トミテーナランドー（止めてはいけないよ）。

カミちゃんは、ウシのその言葉を何度も思い出して涙を拭いた。ところが、ウシは一週間ほど寝込んだ後、奇跡的に熱が下がり起き上がることができるようになった。自分で髪を梳き、身体を洗ってきれいな着物に着替えて日向ぼっこをした。陽子や広子たち幼い孫を手招いて懐に抱きかかえた。

カミちゃんはそれを見て安心して隣村にある畑に出かけた。本当に人生は山あり谷ありである。

隣村には照屋家の土地があり芋を植えていた。しかし、芋畑は荒らされ、すべての芋が掘り返されていた。カミちゃんは茫然と立ち尽くした。気を取り直して、荒らされた土地を再度掘り起こし取り残した芋を探した。数時間をかけても芋は籠の底にもたまらなかった。諦めて家に戻ると、ウシが呼吸もか細くなって死の床に伏せていた。

カミちゃんは驚いた。籠を投げ出して裸足で家の中に飛び込んだ。朝にはあんなに元気だったのに信じられなかった。陽子たちが、近くに住む文子を呼んだようだ。文子は目を真っ赤にしてウシの傍らに座っていた。

ウシは頭を上げることができないほどの重体だった。にじり寄るカミちゃんの泥の付いた手を握り、絞り出すような声で言った。

カミちゃん、お母のユシグトゥ（遺言）だから、よく聞いてくれ……。

あんたは、意地クスネーラン。いざというときはいつも泣いてばかりいるけれど、意地が強くないと子どもは育てられないよ。意地を強く持たないと子どもを成功させることはできないよ。

カミちゃんは涙を拭きながら大きくうなずく。死の床に伏しても孫のことを思ってくれるウシの気持ちが有り難かった。

泉次はきっと帰って来る。だから頑張るんだよ。

ダァ、照屋の男は倫佑だけになった。倫佑はまだワラビだから心配だ。

子どもも立派に育てて、倫佑もしっかりと見守って欲しい。

照屋のことは頼んだよ。いいね、カミちゃん、頼んだよ……。

ウシはそう言って息を引き取った。カミちゃんはウシの胸に顔を埋めて大声で泣いた。様々なことが頭に浮かんだ。みんな辛いことばかりだ。山中を彷徨い、戦争の苦労を共にしてきた。倫起家族を失った悲しみにも一緒に耐えてきた。やっと戦争が終わって平安な世が訪れると思ったのに、なぜ死んでしまうのか。カミちゃんは再びウシの胸をかき抱くように顔を埋めて泣いた。

夫倫正を亡くしてからは、子どもや孫のためにだけ生きた人生だった。それなのに大切に見守ってきた倫英、倫起、光子の子ども三名と四名の孫、そして嫁をも戦争で一気に奪われてしまったのだ。

ウシは六十歳。ただただ、悲しみと苦労の連続だけではなかったか。ウシの無念さを思うとカミちゃんの目から涙が止まらなかった。ふと、空襲を受けて燃え尽きる照屋の家を思い出した。この光景を見たことは、最後までウシに黙っていたが、なぜだか照屋の家を焼き尽くす赤い炎が凄まじい勢いを伴って脳裏に蘇っていた。

11

冬のない沖縄のヤンバルでも、季節の変化はある。それが最も強く感じられるのは海の表情だ。夏には穏やかで明るく輝いている青い海が、冬になると濃い群青色に変わり白い波しぶきを上げながら浜辺に打ち寄せる。その波しぶきと共に冷たい海風が村を駆け巡る、すると間もなく一年の終わりの暦が閉じられる。

カミちゃんはウシを失ってから茫然と日々を過ごしていた。それでも時々、ウシの遺言を思い出し、涙を拭いながら自らを鼓舞した。しかし奈落の底の悲しみはなおも続いた。頼りにしていた姉の文子が、産後の熱が引かずに病に伏したまま、ついに亡くなってしまったのだ。もう幾つの悲しみがカミちゃんを襲ったのだろう。数えることができなかった。

カミちゃんは天を恨んだ。運命を恨んだ。カミちゃんの周りで次々と愛しい人々が死んでいく。生きる意欲を失いそうだった。カミちゃんの手を握り、大好きな文子姉はつぶやいた。

カミちゃん、私も先ナライイ（先に逝くよ）。

お母孝行は、あの世ウッティィスサ。ヤービケーナンギシミタンヤア（あんたにだけ難儀をさせたねえ）。

パラオで亡くしたワラビ（童）が、私を呼んでいるような気がする。

倫起のワラビもいるよ。

この世にいるワラビンチャー（子どもたち）は、あんたに頼んだよ。

私はあの世にいるワラビンチャーの面倒を見るからね。頑張ってよ。

カミちゃん、ヨンナークウヨ（ゆっくり来てよ）。

カミちゃんは涙を拭い必死でうなずいた。倫佑を傍らに座らせ、二人の幼い陽子と広子を抱きしめて文子姉を見送った。取り残されたのはこの三人だけだ。なんとか生きなければいけない。カミちゃんが死んだらこの三人は生きられないのだ。そう思った時、文子姉の残した赤ちゃんの泣き声が大きく聞こえた。義光もいるのだ。そして新たに生まれた赤ちゃんもいるのだ。また大粒の涙がこぼれた。様々な思いがカミちゃんの心を激しく打ち続けた。

失意のカミちゃんを慮《おもんばか》って、泉次の実家から、一つ屋根の下に住もうと誘いがあった。ウシの遺言どおり照屋家の再建を目指していたが、終戦直後から一年余も住んだ忠蔵屋の家族に、いつまでも迷惑はかけられないと思い、実家からの申し出を受け入れることにした。忠蔵さんにお礼を言い、ひとまず嫁ぎ先の実家に移り住んで共同生活を始めることにした。

実家には、義父の泉吉おじいと、跡継ぎの長男泉幸さん夫婦、そして五人の子どもたちがいた。陽子や広子と同じ年齢の幼い子どもたちもいる。その家族に倫佑と一緒にカミちゃんの家族が加わったのである。

大家族の食事の準備をするのがカミちゃんの仕事になった。同じ年齢で長男嫁のキヨさんと一緒の仕事は苦にならなかった。また、実家の子どもたちと一緒になって楽しく遊ぶ陽子や広子の姿が、カミちゃんの心の支えになった。

泉吉おじいは元気者で、鍬を担いで畑仕事に出かけるのが毎日の日課であった。カミちゃんも鍬を担いで泉吉おじいと一緒に畑仕事に精を出した。倫佑もカミちゃんと一緒に畑仕事を手伝った。

学校が始まり、倫佑も学校に通うことになったが、それでも休みの日には思うところがあったのだろう。カミちゃんと一緒に畑仕事を手伝った。義兄の泉幸さんは近くに再建された高等学校の教師として採用され活躍していた。村人からの人望も厚かった。

そんな時、思いがけない朗報が飛び込んできた。驚いた。何度も何度も夢ではないかと疑った。間違いない。夫、泉次の直筆だ。泉次生還の直筆のはがきが、実家に届いたのである。

はがきは福岡からだった。故郷に帰って遺骨を受け取れ！ 自分が死んでも、軍人の妻として恥ずかしくないように振るまえ！ そう言って戦地に出かけた夫が生きていたのだ。泉次が帰って来るのだ。

カミちゃんには、夢のような知らせだった。夢であっても覚めないで欲しいと思った。二人の子どもが万歳をして喜んだ。幼い広子も、お父ちゃんの顔を知らないのに陽子と一緒に万歳をした。

お父ちゃんが帰って来たら、大きいお芋が食べられるよね。

お芋だけでないよ。お肉も食べられるんだよ。

お父ちゃんは、いつ帰って来るの?

春になるまでには帰って来るさ。

泉次はいつ帰って来るとは書いていなかった。それでもきっと帰って来るのだ。陽子と広子の幼いやり取りを聞いて、思わず笑みがこぼれた。春になるまでには帰って来て欲しい。カミちゃんも幼い子どもと同じ気分だった。

カミちゃんは日々の生活に久し振りに張りが出た。元気に鍬を振るカミちゃんを見て、泉吉おじいはカミちゃんを冷やかした。

一九四六（昭和二十一）年十一月三日、その日は再建された大宜味小学校の運動会の日だった。村人はこぞって運動会を楽しんでいた。泉次はその日に帰還した。

帰還したのは泉次だけではなかった。戦地に行っていた弟の泉三さん、村から出征した金城正幸、正治さん兄弟、そして消息の途絶えていたカミちゃんの妹の静子も一緒だった。五人の死人たちが蘇《よみがえ》り、運動会の会場に両手を上げて帰って来たのである。村は大騒ぎになった。運動会の笛や太鼓は、五人の帰還を喜ぶ笛や太鼓に変わり、多くの人々が運動場に出て踊り出していた。

カミちゃんもみんなに祝福され、嬉しいのか悲しいのか、なんだか訳が分からないままに顔をしわくちゃにして涙をいっぱいこぼしていた。陽子と広子の手を引いて泉次の前に立った時は、膝がくずおれそうだった。

第三章

1

沖縄の戦後は、戦火を潜って来た人々へ様々な悲劇を背負わせながらスタートする。沖縄戦での犠牲者は二十三万人余に及んだ。そのうち沖縄県出身者は十二万人余になる。当時の沖縄の人口は約四十五万人と推計されているので、沖縄県民の四人に一人が犠牲になったことになる。

カミちゃんが戦火を潜り抜けたヤンバルでも多くの犠牲者が出た。山中での餓死や病死、日本軍からのスパイ容疑や戦闘に巻き込まれての死、そして防衛隊や護郷隊に徴集されての死、もちろん兵役や軍属としての戦死者などである。

米軍は、戦争が終わっても沖縄から全ての軍を米本国へ撤退させた訳ではなかった。沖縄を統括し、また太平洋地域を監視する拠点として軍事基地を建設し軍隊を駐留させ続けた。その場所は沖縄本島や離島各地の要所要所に建設されたが、ヤンバル地域も例外ではなかった。

ヤンバルにおいては、戦時中と同じく国頭村奥間の海岸地域一帯の土地が接収された。この地域の住民は追い払われ、同時に基地建設のために駆り出された。多くの人々が基地従業員として働くことになる。一九五〇年六月に始まった朝鮮戦争は、沖縄の軍事基地の重要性が確認され、ますます軍事基地は拡大強化されていくのである。

饒波《ぬうは》の収容所から各村へ戻った人々へ、米軍は引き続き食料の配給を行う。しかし、空腹に喘ぎ、栄養失調に陥っていた人々にとって、それだけでは十分でなかった。各村の住民は協力して踏みつぶされた畑を耕し、破壊された家を再建しながら、元の生活を取り戻そうと必死に努力していくのである。

カミちゃんの故郷である大兼久の村も、家屋の半分以上が戦争で焼失した。帰郷したカミちゃんの夫泉次も、村人と一緒に建築資材を切り出しに山へ入る。そして畑を耕し、荒地を開墾する。カミちゃんも必死になって泉次と一緒に鍬を振るった。泉次と共にする苦労は辛いものがあったが希望も大きかった。カミちゃんは、いつも明るく前を向いた。母ウシの苦労に比べれば自分の苦労など、取るに足りないと自らを鼓舞した。

しかし、思いもよらない大きな災難と極貧の生活が、次々とカミちゃんを襲った。戦争の被害は、戦後も払拭されることなく引き続いていくのである。カミちゃんの家族や多くの沖縄県民には、いつまでも穏やかな戦後は訪れなかった。

泉次は、基地従業員として働くことを潔しとしなかった。戦争に敗れたからといって、海軍兵曹長の矜持を簡単に捨てたくはなかった。そうかといって、二十歳のころからの軍隊生活である。村人と同じように鍬を振るって働くことは、うまくいかないこともあり、なかなか困難なことであった。カミちゃんは佐世保時代の泉次の凛々しい姿を知っているだけに、農夫姿の泉次を見ると胸が詰まった。

陽子のお父さんはね、大きなお船で帰って来るんだよ。

なんでもできるからね、大きなお芋がすぐに食べられるよ。

広子のお父さんはね、海軍さんだからね、大きなお魚も食べられるんだよ。

二人の娘は、友達が大きな芋や魚を食べていると、そんなふうに負け惜しみを言っていたが、なかなかそのようにはならなかった。

泉次はやがて、幼馴染の友人に誘われてサバニに乗り、追い込み漁やイカ釣りを始めるようになった。

俺は、どうやら海でしか働くことができないようだな。

海軍とウミンチュ（漁師）は違うが、基地で働くよりはいい。

泉次には、もう海軍兵曹長の面影はなかった。農夫ギン（農夫着）からウミギン（漁師着）を着て、毎日海へ出かけた。

泉次の兄の泉幸さんと弟の泉三さんは高校教員になった。特に泉幸さんは県立師範学校の卒業生であったので、村人の信望も厚かった。二人がネクタイを締めて家を出ていく前に、泉次は朝早く、ウミギンを着けて漁に出た。戦地から最も遅く戻って来た泉次を含めて、三兄弟が一緒になって一つ屋根に住んでいたのだ。合わせて十四人家族の食事はカミちゃんが中心となって作った。

三男の泉三さんが結婚をしたのは一九四七年（昭和二十二）の春だった。結婚式は本家の表座に板材を敷いて客の座る場所を拡張し、即席の宴会場を造った。友人や親族、多くの村人が泉三さん夫婦を祝福した。

カミちゃんは、台所で腕を振るった。配給の麦やトウモロコシを臼《うす》で挽いてメリケン粉の代用にして天ぷらやカステラを作った。

宴席の途中で、新郎の泉三さんを初め平良家の男たちの姿が見えなくなったので、心配して探すと、裏座で座ったままで、祖父の泉吉さんを筆頭に、泉幸、泉次、泉三の三兄弟が居眠りをしていた。新婚の花嫁さんと一緒に、カミちゃんは声を上げて笑った。疲れが重なったことと酒が入ったせいだと思われたが、なんだかこんな姿に戦争が終わったことを実感して嬉しかった。

泉三さんの結婚を機に、泉次にも泉三さんにも、本家の土地が分け与えられた。泉次も泉三さんも、そこに家を建てて独立分家することにした。村人の協力もあって、その土地に八坪半の茅葺屋根の家ができたときは、陽子も広子も家の中を駆け回って喜んだ。だが、貧しさからは、なかなか抜けだすことはできなかった。

働けど、働けど、わが暮らし楽にならざる。

ムヌズクイヤ（農作物は）、天が与えるものなのかな。

カミちゃんと泉次は、山の上にある畑を一鍬、一鍬、耕しては芋を植えたが、ようやくできた芋は小さな芋ばかりであった。努力はなかなか報われなかった。

泉次は慣れない農業よりも、ウミンチュの仕事に精を出したが、海が荒れると漁に出ることはできなかった。カミちゃんは三番目の子どもを身ごもった。大きなお腹で、畑仕事に励むことも困難になった。

当時、那覇では建築ブームで、ヤンバルの大工の多くが那覇に出稼ぎに行っていた。泉次はこのままでは、いつまでも妻子を楽にさせることができないと意を決して、那覇の建築会社に就職し大工見習として働くことにした。カミちゃんも一緒に那覇に行くことを決意したが、生まれたばかりの三女久仁子《くにこ》の子育てには住み慣れたヤンバルがいいと、泉次に止められた。

那覇とヤンバルは一〇〇キロ余も離れている。沖縄本島の北端と南端で頻繁に行き交うことができない距離だ。せっかく戦争を生き延びてきたのに、また寂しい生活になるのかと思うとカミちゃんの心は悲鳴を上げそうになったが泉次の言葉に従った。

泉次は、那覇の大工仕事で月々の給料を貰うようになり、送られてくる生活費を手にして子どもたちと一緒に喜んだ。カミちゃんも、久仁子が乳離れすると、漁師たちが水揚げする魚を籠に入れて背負い、近隣の村々を訪れて売り歩いた。ヤンバルでは皮肉なことに、泉次が那覇に出かけた後に、豊漁が続いた。村の女たちは声を張り上げて魚を売り歩いた。

ユーコーミソーランガヤー（魚を買いませんか）。

イマユーヤイビンドー（新鮮な魚だよ）。

だが、カミちゃんは商売が下手だった。村の女たちからは笑われた。

カミちゃんは、魚を売りにではなく、分け与えに行っている。

お金を取らないで、商売できるかね。

実際カミちゃんは、友達や親戚の家を回ると、籠を空にして帰って来るが、魚代はもらわずに帰って来ることが多かった。

生活費は泉次から送られてくる給料だけでは賄えず、いつも不安だった。時折、大きなハブが家の近くに現れて、大声を上げて隣近所の人々を呼んで退治してもらったが、このことも不安の一つだった。

泉次屋の屋敷は、ハブの通り道だよ。

どうして、あんな所に家を建てたのだろうねえ。

村人の噂が、カミちゃんの耳に入って来た。子どもたちがハブに噛まれはしないかと不安になったが、細心の注意を払いながら子育てに励んだ。小さな畑を耕し、魚を売り、泉次が週末や月末に帰って来るのを楽しみに待ち続けた。長女の陽子が小学校に入学した。

歳月は喜びや悲しみに佇むこともなく過ぎていく。一九四九年（昭和二十四）十二月には長男の智が生まれた。カミちゃんは初めての男の子の誕生に大きな喜びを感じたが、同時に母子家庭であることの不安が増大した。子どもたちが暴漢に襲われたらどうしよう。女の力では守り切れないだろう。それに、酔った米兵が民家に忍び込んで婦女子に乱暴しているという噂も聞いたことがある。

カミちゃんはそんな不安を泉次に告げた。なんとか家族一緒に住むことができないかと懇願した。カミちゃんは泉次のことを、子どもができてからは、いつの間にかお父さんと呼んでいた。泉次の耳に届くように、カミちゃんは折に触れつぶやき続けた。

お父さん、ミートゥンダヤ、カーミヌチビ、ティーチだよ（夫婦はあの世までも一緒だよ）。なんとか家族みんなで住むことはできないの？　家族みんなが一緒にする苦労は、苦労ではないよ。

ウチナーの昔言葉に、ヒンラク（貧楽）という言葉があるよ。貧しい中にも楽しさはあるという意味だそうよ。

子どもの教育は那覇がいいかもしれないねえ。

陽子も一年生になったが、広子もすぐに小学校に入学するね。

やがて、泉次もカミちゃんの前でつぶやくようになった。

そんなに言うんだったら、みんなで一緒に那覇に住もうか。

ハブに噛まれて子どもを死なせたら、軍人としての恥だからな。

泉次の言葉を、カミちゃんは笑って聞いた。カミちゃんの勝ちだった。泉次は家族皆を那覇に呼び寄せることを決意してくれた。カミちゃんの思いが叶ったのだ。

泉次の言葉に従い、カミちゃんは幼い子どもたちを引き連れて、ヤンバルから那覇へ引っ越した。昭和二十四年の暮れのことだった。

※

泉次やカミちゃんのことを、カミちゃんの妹、奥島静子さん（八十九歳）は、懐かしそうに次のように語っている。（二〇一七年一月二十五日、浦添市自宅にて）

泉次さんは海軍だったが軍艦で戦地に行って脚を撃たれて負傷した。陸に上がり病院で治療した。負傷したことで命を長らえたんだね。人の運不運は分からないもんだねえ。姉さんは沖縄に帰っていたが、私は紡績に勤めていた。だから、私が時々見舞うことができたんだよ。義兄《にい》さんは退院した後も海軍の官舎に住んでいた。

私は大分から佐賀に移っていたんだが、ある日、義兄さんが自転車で訪ねて来た。海軍の毛布がたくさんあって貰えるようだから取りに行こう。ということで自転車の後ろに乗せられた。その時、義兄さんは福岡に住んでいたが、自転車で佐賀と福岡を往復したんだよ。今考えると、びっくりだよね。

義兄さんはムヌアテーネーラン（向こう見ずな）性格の人だった。私のモンペは擦り切れていたよ。義兄さんは大人しいようで、こうと決めたらやり遂げる人だね。何かがあると、義兄さんと姉さんは私を呼んだ。あの夫婦と私はいつも一緒だった。

姉さんが沖縄に帰るときは、荷造りを手伝いに佐世保に行った。列車で一緒に鹿児島まで行った。姉さんは広子を身ごもっていて大きいお腹をしていた。大きいお腹をしている人は船に乗せないと言われていたが、姉さんはちゃんちゃんこを着けて人の目をごまかして船に乗った。戦後、姉さんとこの時の話をすることがあったが、姉さんも言っていた。私はムニアテーネーランテーサヤ。泉次さんと同じだねって、一緒に笑いあったよ。

※

静子さんは、泉次さんやカミちゃんとのたくさんの思い出を私に語ってくれた。カミちゃんの記憶と一部重ならないところもあったが、笑顔を浮かべながら明るく語ってくれた。

実兄の倫起さんのことも話題に出たが、目に涙を浮かべながらも明るい口調は変わらなかった。多くの悲しみや苦しみが静子さんの歳月の中で浄化されているのだろうか。私はそのように思いながら、悲しさを封印して必死に耳を傾けた。

2

カミちゃん家族の那覇での生活は、泉次が務める興南建築会社の従業員の住む長屋から始まった。興南建築会社にはヤンバルからやって来た大工や若者たちが多く働いていた。

彼らの多くは妻子をヤンバルに残したままだった。そのために造った仮住まいのトタン屋根の長屋だ。カミちゃん家族は、その長屋に部屋を借りることができた。六畳一間に、台所が付いている。狭いながらも泉次が一緒に住んでいることと、ハブが出ない分だけ安心して生活ができた。

噂のとおり、那覇は建築ブームだった。戦後の復興の只中で、泉次も毎日朝早くから建築現場へ出かけて行った。しかし、建築業者の間では大きな悩みがあった。家を完成させても代金が思うように回収できないのである。そのために建築会社の倒産が始まっていた。

興南建築も例外ではなかった。カミちゃんは弁当を作って泉次に持たせても、仕事がなかったと帰ってくる日も多くなった。そんな折に、泉次は突然ヤンバルに行ってくるからとカミちゃんに告げた。問いただすと、ヤンバルの家を解体してその資材で那覇に家を建てるというのだ。カミちゃんは驚いて聞き返した。

お金も土地もないのにどうして家が建つんですか。

泉次は、すました顔でカミちゃんに答える。

仕事のない今こそがチャンスなんだよ。大工は、今は仕事がないから安い手間賃で働いてくれるはずだ。

土地を貸してくれる人もいる。なんとかなるよ。

カミちゃんは、泉次があまりにもあっさりと答えるので余計に不安が高じてきた。簡単に合点はできなかった。

ヤンバルにはせっかく貰い受けた先祖の土地があるんですよ。そこに家を建てたばかりではありませんか。いずれはヤンバルに戻るんでしょう。ヤンバルの本家が賛成するはずはありませんよ。家は残していた方がいいのではありませんか。

そういう気持ちでいるから、いつまでも貧乏でいるんだ。

背水の陣で臨まなけりゃ那覇では成功しないよ。

貧乏でもいいじゃないですか。家族が一緒で健康であれば、私は幸せです。

しかし、カミちゃんの反対の声に耳を貸さず、泉次はさっさとヤンバルに行ってしまった。

ヤーヤ、ムニアテンネーラン（お前は、思いつきで行動しているのではないか）。

よく考えたのか。

カミちゃんが予想していたとおり、泉次はそんなふうに言われて本家に住んでいる父や兄からは反対された。

しかし、泉次は聞き入れなかった。数日後、泉次は本当にトラックいっぱいの資材を積んで帰って来た。カミちゃんは仰天した。が、もう後へは戻れなかった。

泉次が言うとおり、すぐに建築が始まった。仕事のない同僚や仲間にお願いすると、皆が喜んで働いてくれた。作業と並行して泉次は役所に出かけ、家屋建築のための復興資金の借り入れを申し込んだ。不足の建築資材や大工の食料まで、どこからか調達してきた。

泉次の働きぶりにカミちゃんは驚いた。目の前で、泉次はこれまで見たこともないほど精力的に動き回った。ただただ呆《あき》れてものも言えず、ぽか～んと見ているだけだった。

一か月ほどで、瓦屋根造りの家が本当にできた。ちょうど完成したころに、申し込んでいた復興資金も借り入れられた。大工さんたちは久しぶりに手に入れた現金に満足な笑みを浮かべて泉次に感謝した。

カミちゃんは泉次の行動的な姿に茫然とするだけだった。だが、不安も増してきた。我が家はできたが、これからの生活の目途はつかなかった。泉次の会社も倒産したのである。

ヤンバルからやって来ていた大工たちも途方に暮れ、泉次の家の建築を最後に、結局はまたヤンバルに帰って行った。カミちゃんたちは家を新築したばかりなので帰るわけにはいかなかった。ヤンバルにはもう家がなかった。愚痴も出なかった。

泉次は日雇いの労務を始め、様々な仕事を転々とした。カミちゃんも得意な和裁仕立ての仕事を始めた。幼いころから和裁が大好きだったのでその能力がとても役に立った。

カミちゃんの和裁の腕前は確かで和裁教室を開くほどのものだったから、噂を聞きつけて、仕立物の注文が次々と舞い込んできた。また幸いにもヤンバルの幼馴染が那覇の料亭に勤めており、その紹介で多くの注文が舞い込んだ。徹夜で羽織を一着仕上げることもあった。

見て真似ることから、技術は身に付くんだよ。そう言っていた母ウシの言葉が思い出された。ウシの傍らで和裁を覚えた日々が懐かしかった。カミちゃんは、ウシが助けてくれているんだと感謝した。

妹の静子が奥島憲次郎さんと結婚して、那覇にやって来た。奥島さんは戦争中護郷隊として徴兵されたが、九死に一生を得て生還した郷里の後輩である。カミちゃんも泉次も二人の結婚を心の底から祝福した。

奥島憲次郎さんは戦前に勉学を中断させられていたが、戦後は独学でさらに学び努力して那覇の裁判所の書記官としての仕事に就いた。しかし、那覇には住居がなかった。

カミちゃんは妹夫婦を呼び寄せて、新築した我が家で当分の間一緒に暮らすことを提案した。泉次も同意し、妹夫婦も同意した。困ったときはお互い様だった。

子どもたちはすぐに妹夫婦に懐いて、楽しく賑やかな日々が過ぎていった。一九五二年（昭和二十七）二月二十三日、次男の晋《すすむ》が誕生した。妹静子のところにも次女の憲子が誕生した。一つ屋根に住む二家族の賑わいは以前にも増して大きくなった。みんなが力を合わせて支え合った。狭くても楽しい我が家だ。このころから、那覇も戦争の傷跡を徐々に洗い流し、復興の兆しが見え始めていた。次女の広子も小学校に入学した。

この年、カミちゃんの長女の陽子が、地元の新聞社が主催する全沖縄図画作文コンクールの図画部門で金賞を受賞した。大きな優勝カップを手にして帰ってきた時には、カミちゃんの目から思わず涙がこぼれた。ヤンバルの小さな学校から、那覇の大きな学校に転校してきたが、子どもたちは寂しい思いをし、辛い思いをしているのではないかと不安に思っていた。その不安が一掃された。やればできるんだ。努力すればきっと報われるのだ。カミちゃんの胸に熱い思いが沸き起こって来た。

子どもたちを立派に育て、みんなを大学に進学させたい。このことがカミちゃんの目標になり、確かな励みになったのはこのころだった。

しかし、一方で、いつまでも泉次の定職が見つからないことは悩みの種だった。和裁の内職で生活を維持していくにはあまりにも心細かった。泉次も、このことを十分承知しているようで、職探しに奔走していた。

そしてもう一つ困ったことは那覇での泥棒の多さだった。ヤンバルのハブよりも始末が悪かった。街並みは徐々に復興の兆しを見せ始めていたが、人心はまだ乱れていた。

戦争のトラウマとも重なったのだろう。倫理観や正義感はなおざりにされ、他人を騙《だま》し、他人の物を平気で自分の物にした。欲望を抑えて正常な生活に戻ることは容易なことではなかった。

カミちゃんの家も被害に遭った。靴が盗まれ背広が盗まれ自転車が盗まれた。また柱時計まで持ち去られた。家にはお金がないので、しまいには子どもが盗まれるのではないかと心配した。他の家では、寝ているときに布団を剥ぎ取られたとか、食べ物を鍋ごと持っていかれたとか、被害は様々であった。

カミちゃんの家の近くに、ヤンバルから出てきて働いている知人がいた。枕元からミシンを盗んでいく泥棒を、包丁を持って追いかけている途中で転んでしまい、持っていた包丁で自分の腕を切りつけ怪我をしたという話を聞いた。笑うに笑えない話だった。

カミちゃんの家の隣の若い夫婦も被害に遭った。二人が出勤した後に大きなトラックが来て荷物を運んで行った。てっきり引っ越しだと思っていたら、夕方夫婦が帰ってきてびっくり、トラックで泥棒されたのだ。警官がやって来て、近所の人々が集まり大騒ぎになった。カミちゃんも警官に尋問された。

警察署の捜査の結果、泥棒が捕まってまたびっくり。泥棒は道を挟んでカミちゃんの家の斜め向かいに住んでいる男だけの七人組だった。部屋の戸は、昼間は多くは締まっており夜だけ戸が開く家だった。不思議な気はしていたが、まさか泥棒が住んでいるとは思わなかった。昼間は博打《ばくち》、夜は泥棒稼業に明け暮れていたのだ。

泥棒のいない八重山に行こう。

突然、泉次が言い出した。カミちゃんが驚いていると、八重山航路「南栄丸」の機関長をしている男が戦友で、その戦友古堅鉄治郎《ふるげんてつじろう》に誘われたというのだ。八重山の石垣島は今スクラップ業が盛んで、手伝ってくれれば一気に大金が手に入る。家も用意するし、畑も用意するという。かつての海軍での戦友だから、信用できるというのだ。

カミちゃんは泉次の提案に即座に反対した。子どもも生まれたばかりで、まだ三か月にもなっていない。赤ちゃんを連れて見知らぬ石垣島に行くことはできない。上の三人の子どももまだ幼いし学校のこともある。戦友とはいえ信用できるかどうか不安である。泥棒が横行し、平気で人を騙す時代だ。まさか本気ではないだろう。石垣島に行くことは反対だと。

カミちゃんは、そう告げた。泉次もうなずいた。

カミちゃんは、泉次は納得して諦めたものだと思い、のんびりしていた。それが誤解だった。泉次はどんどんと行動を開始していたのだ。

ある日、見知らぬ夫婦連れが家を覗き込んでいた。ヤンバルから親戚縁者が訪ねて来たのかと思ったがそうではないようだ。妹静子家族は、すでに郊外に住居を構えて移っていた。何事かと心配になって尋ねてみると、驚くような返事が返って来た。

私たちがこの家を買うことになりました。よろしくお願いします。

そう言うのだ。驚いた。泉次に問いただすと、いともあっさりと、そうだと言う。

那覇では、子どもたちの教育はできない。

八重山に行って財産を貯めて子どもたちの教育をするんだ。

カミちゃんには合点がいかなかった。県庁がある那覇でこそ子どもたちの教育をすべきである。そう主張した。泣いて頼み込んだ。泉次の意向に初めてカミちゃんが反対したことだった。しかし、泉次は聞き入れなかった。泥棒が横行する那覇では教育などできないというのだ。

カミちゃんはどうしても納得できなくて、亡き父倫正の末弟である倫三叔父に相談した。倫三叔父は、首を横に振った。

泉次が言い出したら、もうだれも止めることはできないよ。

妻は、夫についていくしかないだろう。

八重山の人たちは、総じて親切な人たちが多いという。八重山には大宜味の人たちの移住者も多いと聞いている。頼れる人がいなくても、住めば都だという言葉もある。

健康に気を付けて、子どもの教育のことを第一に考えて頑張るんだ。

子どもたちを病気にさせてはいかんぞ。立派に育てることが先祖への恩返しになるんだ。

倫三叔父は、カミちゃんの手を握って励ましてくれた。

カミちゃんは涙を流したが、うなずくほかはなかった。イジクスネーラン、カミチャン（意気地がないカミチャン）と母親に怒られた言葉を思い出して、気を強く持って八重山に行くことを決意した。

一九五四（昭和二十九）年十二月十五日、正月を目前にしてカミちゃん家族は八重山行きの「八潮丸」に乗った。長女陽子六年生、次女広子五年生、三女久仁子二年生、そして長男智《さとし》が七歳、次男晋《すすむ》が四歳、三男宏《ひろむ》が生後二か月の赤ちゃんだった。

那覇港の波止場には、親戚や妹静子夫婦、そして那覇の新聞社に就職していた弟倫佑も見送りに来てくれた。見送る者のだれもが、まだ八重山に行ったことがなかった。みんなの心は不安でいっぱいだった。カミちゃんも泣き出しそうな思いを堪えてみんなに手を振って別れた。

八潮丸は思った以上に小さい船であった。冬の海は波も荒く雨も降っていた。満員の乗客は船底で激しく船酔いをしながら八重山に着いた。着いたと喜んでいたら、船は港ではなく沖に停泊した。まだ港が整備されていなかったのだ。ハシケ船が来て揺れる八潮丸の船体に近づいた。もちろんハシケ船も揺れている。八潮丸の船員はそのハシケ船に向かって、乗客を次々と下ろしていった。子どもたちは投げ渡されるような格好で乗り移った。

怖いよ、怖いよ。

という子どもたちの大きな泣き声がいたるところから聞こえてきた。

八潮丸もハシケ船も揺れるだけでなく、どどどっとやって来る大きな波をも被った。降りしきる雨の中、子どもたちと手を繋いでの命がけの下船だった。家族全員がびしょ濡れになった。まだ二か月しか経っていない宏までがカミちゃんの背中でびしょ濡れになった。

カミちゃんは、八重山への第一歩に、不吉な前途を予感して胸が潰れそうになった。頬を伝わる涙は雨のしずくと一緒になって流れ落ちた。

3

古堅鉄治郎からは、住居は準備してあるからと言われていたので、信じて当てにしていた。ところが、その家へ着くと、家はあるものの、屋根は半分ほどが吹き飛ばされ、床もなく骨格だけの吹き曝しの家だった。家の中でも雨が降っていた。カミちゃんはショックで言葉も出なかった。

軒先で濡れたまま、がたがた震えている子どもたちを見て思わず歩み寄って抱きしめた。

泉次もショックを受けていたが、泣き喚くわけにはいかなかった。雨の中を一晩だけでも泊めてもらう家探しに奔走した。数軒先に大川商店という名前の雑貨店があった。藁《わら》にも縋る思いで一夜の宿をお願いした。

大川商店は中年の夫婦が二人で経営している雑貨店であった。二人は濡れて震えている子どもたちを見て驚き、言葉を失った。泉次やカミちゃんの必死の依頼にうなずき、商店の裏座敷を貸した。

子どもたちを着替えさせ、温かい布団を貸してもらって寝かしつけると、カミちゃんと泉次は、二人並んで改めてお礼を言った。大川商店の主人は呆れて驚いた顔を隠さなかった。

こんなにたくさんの子どもたちをよく連れてきたなあ。

泊まる家を確かめることもしないでよく来たもんだよ。

お前たちは、馬鹿か。

馬鹿でなければ阿呆か。

カミちゃんと泉次は頭を垂れて大川さんの苦言に耐えた。言われたとおりだった。反論のしようもなかった。また、自分たち家族のことを思っての苦言であることは明らかであったからだ。

しかし、大川さんは酒の勢いもあったのか口汚く二人を罵倒し続けた。実際、馬鹿であり、阿呆であったかもしれない。カミちゃんも、また帝国海軍軍人であった泉次も、馬鹿呼ばわりされてもじっと堪えていた。もう後戻りはできなかった。那覇の家も処分してきたのだ。

大川さんは、泉次とカミちゃんを口汚く罵ったが、結局、二泊も大川商店で泊めてもらい、次の宿の世話までしてくれた。

私の実家には、おじいが一人だけで住んでいる。頼めば何とかなるかもしれない。相談してあげるから、しばらくはそこに住むといい。

大川さんは、そう言って石垣小学校近くにある実家へ案内してくれた。

大川のおじいは腰が曲がっていたが、にこにこと笑顔を浮かべながら了解してくれた。

マーガー、マーガー（孫たちよ）、よく来たな。

みんなで家を自由に使いなさい。台所も自由に使っていいよ。

ワンヤ（私は）こんな年寄りだから、裏座敷の一つもあれば十分だよ。

大川のおじいの言葉に、カミちゃんは感謝した。子どもたちも横一列に並び頭を下げて大きな声で感謝の言葉を述べた。大川のおじいは、那覇を引き上げてきたカミちゃんたちの事情を知っていたのだろうか。目を細めて子どもたちを眺めていた。

カミちゃんの家族が大川さん親子に巡り合えたのは幸運だった。しばらくの間、親子の親切に甘えることにした。しかし、明日の生活のために何とかしなければならない。なんとかする見通しは立たなかった。なんとかしたくても、カミちゃんは生まれて二か月余の宏を抱えていた。身動きが取れなかった。その分、泉次が頑張ってくれた。頑張らなければいけなかった。

泉次は、船会社に鉄治郎を訪ねて、準備をしてもらえなかった住宅のことで強く苦情を言った。鉄治郎は頭を掻いて詫びた。本当に詫びているとは思えぬほど表情には笑みを浮かべていた。

悪かった、悪かった。俺の見込み違いだ。迷惑をかけたなあ。

でもスクラップ業は、本当だ。戦争の残骸がまだまだ致る所に残っている。すぐに大金持ちになるから、心配するな。

泉次はその言葉を信じざるを得なかった。頼りにするのは戦友の鉄治郎以外にいなかった。子どもたちのためにも、見知らぬ土地で、すぐに働かなければならなかった。

泉次は鉄治郎の指示を受け、地元の人々も雇い入れて雨の日も風の日も朝早くからスクラップ集めに奔走した。そして夜遅くまで、スクラップ業に精を出した。二隻の商船を満杯にして本土に送り出した。

泉次は額の汗を拭い、鉄治郎は満面に笑みを浮かべてその船を見送った。数日後には大金が手に入るはずだ。鉄治郎の次の言葉も信じられた。

スクラップの代金は、那覇の銀行で受け取って来る。

これは制度上、やむを得ないことだ。本土と沖縄は切り離されてしまっているからなあ。

なに心配するな。すぐに戻るよ。

しかし、すぐに戻るよと言った鉄治郎はいつまで経っても戻って来なかった。不安になって、泉次は鉄治郎の勤める船会社を訪ねた。すると、哲治郎の姿はなく、思ってもみなかった言葉が返って来た。鉄治郎は会社を辞めたというのだ。

しまったと思った。また騙されたのではないか。泉次は一気に不安になった。すぐにでも鉄治郎を捕まえないとお金も使い果たされてしまう。家族に合わせる顔がない。追いかけて那覇の街へ行こう。そう思った。

若い女事務員は気の毒そうな笑みを浮かべて泉次を見た。泉次は、声を震わせながら那覇で鉄治郎の寄りそうな場所を尋ねた。泉次の殺気立った声に、事務員の背後にいた人々も首をかしげながらやって来た。事情が分かると鉄治郎の立ち寄りそうな場所や、利用している旅館、那覇に住んでいる親族の名前も教えてくれた。泉次はメモを取って、家に帰ると、家族には詳細も話さずに、すぐに那覇行きの船に乗った。

鉄治郎の職場の人々に教えてもらった立ち寄りそうな場所を残らず探した。どこにも居なかった。希望が消えかけそうになった時、本島北部の名護の街に鉄治郎の馴染みの女がいるということを知った。すぐに名護行きのバスに乗った。名護は、ヤンバルでは最も賑やかな街だ。方々を訪ね歩きながらやっとのことで鉄治郎を探し出した。怒りが込み上げてきたが我慢して問いただした。鉄治郎は昼間から女の店で酒を飲んでいた。

お金は、ない。

えっ？

手にしたお金は確かにあった。だが、那覇で博打《ばくち》をした。そのお金を何十倍にもしようと思ったんだ。お前を喜ばそうと思ってな。ところがその博打が外れた。今はすっからかん。お金はない。あとは、このとおり、女の所に転がり込んでいる。

お金はない。お金はないよ。

泉次の問いかけに鉄治郎は濁った目つきのままでその言葉を繰り返すばかりであった。

泉次は自分の馬鹿さ加減に腹立たしさを覚えた。鉄治郎よりも前に自分をぶん殴りたかった。同じ軍艦に乗って命を長らえた戦友であるという。たったこれだけで、鉄治郎を信じてしまった。戦争を生き延びてきた軍人には国家を信じないこと、他人を信じないこと。これこそが一番に学んできたことであったはずなのに、迂闊だった。

泉次は立ち上がると鉄治郎の襟首を掴まえ、脇腹へ力いっぱい拳を叩きつけた。それからテーブルの上に置いた酒の入ったグラスを奪い取ると、思い切り床に叩きつけた。

4

カミちゃんは途方に暮れた。なにもかもが想定外に進んでいく。いったん狂った歯車はなかなか元に戻せなかった。戻せないどころか、さらに加速度を増して回転していく。安定した生活を手に入れて、子どもをしっかりとした教育を受けさせたい。八重山は新天地だ。希望のある土地だ。そう思って八重山の石垣島にやって来た。それなのに思ってもみなかった極貧の生活を強いられる。歯車は制御できずに重石を付けたように回転していく。どうすればいいのだろうか。

泉次は結局、鉄治郎からお金を回収できなかった。泣き寝入りをするしかなかった。那覇を離れる際に家を処分して手に入れた手持ちのお金も底をついた。多くは二か月もの間のスクラップを回収するための人夫賃に消えていた。

手元に蓄えがないという不安は大きかったが、何よりも将来の生活設計ができない不安が大きかった。その不安がカミちゃんを滅入らせた。住む場所も、仕事も定まらなかった。十年先の生活だけでなく、明日の生活さえ描けなかった。

それだけではない。泉次は石垣島に戻って来る際に、郷里の大宜味村役場で、石垣島北端の地、明石地区への開拓移民を申し込んできたというのだ。それも家族を置いて一人で入植するという。このこともカミちゃんを驚かせた。

戦争が終わってもうすぐ十年、沖縄は日本本土から切り離されて米軍政府の統治下に置かれていた。県民の土地の多くは米軍に接収され軍事基地が建設されている。新たな産業が立ち上がる気配も乏しく、また立ち上げるにも要所要所の土地はフェンスに囲われ進入禁止の立て札が立ち道路も寸断されていた。

交易の拠点となった那覇港は軍港として接収され、港の周辺に住んでいた人々も追い払われた。やむを得ず米兵相手の商売を始める者もいたが、うまくいくはずもなかった。現金が手に入る唯一の就職先は軍作業だった。二度と戦争が起こらない平和の島を建設したいという県民の願いは、理想とは程遠い形で進行していた。矛盾していると理解しながらも、軍事基地建設で生計を立てている者が多かった。

米軍統治下の琉球政府は県民に国外や県内外への移民を奨励した。国外は、ハワイや南米のブラジル、ボリビア、ペルーなど、そして県内では未開の地の多い八重山の石垣島や西表島が奨励された。泉次は奨励された石垣島明石の開拓移民を申し込んできたのである。

カミちゃんは、またもや泉次に詰め寄った。詰め寄りながらも悲しくなった。肝心なことはいつも一人で決めてしまう。私はいったいなんなのだろう。

そして、わが夫は自ら苦労を手繰り寄せているかのようにさえ思われる。どうして苦労を買って出るのか。どうして物事を疑わないのか。何度騙されたら気が済むのだろう。夫が分からなくなった。騙され続ける泉次が哀れになった。佐世保で見た海軍兵士としての凛々しい姿は、もうまったく消え失せていた。

なぜお父さんは、こんなに苦労をしなければならないのですか。

なぜ一人だけで開拓移民として明石に行くのですか。

戦争でみんな必死で生き延びてきたんです。

もう子どもたちに寂しい思いをさせないでください。

ここ石垣の新川でみんなで力を合わせれば、なんとかなりませんか。

苦労をするなら家族一緒です。別々に暮らすのはもう嫌です。

カミちゃんの言葉を黙って聞いていた泉次も、やがて天を仰ぎながら途切れ途切れに言葉を言い継いだ。

鉄治郎を信じたのは、俺の不徳の致すところだ。

あいつは人間が変わってしまった。戦艦に乗っていたころは、あんなんではなかったのだが……。

本当に済まない。子どもたちにしっかりした教育をと思って八重山に来たのに、俺は不手際ばっかりしている。子どもたちに合わせる顔がない。お前にもだ。

今度こそ、しっかりと、お前と子どもたちを迎える準備をする。この俺が自らの手て準備を成し遂げてから迎えに来る。しばらくの辛抱だ。我慢してくれ。頑張ってくれ。

泉次にも父親としてのプライドがあるのだろう。カミちゃんはもう無理を言わなかった。開拓村で家族を迎える準備が整うまで、子どもたちと一緒にこの新川の地で頑張るしかない。明石村も新川も、この石垣島の中にあるんだ。寂しがることではない。そう言い聞かせた。自分にだけでない。子どもたちにもそう言い聞かせて泉次を送り出すことにした。

一九五五(昭和三十)年四月十二日、泉次は家族の元を離れた。沖縄の各地から応募してきた六十三人の先遣隊と一緒に明石に向かって出発した。子どもたちは無邪気に手を振って見送った。

しかし、この日からカミちゃん親子の極貧の生活が再び始まったのである。何度目になるのだろうか。もう絶望の日は数えることができないほどに多かった。いや、絶望の日はカミちゃんだけにあったのかもしれない。

カミちゃんは貧しさを決して子どもたちには見せなかった。だから、子どもたちは貧しさを感じなかったかもしれない。正確に言えば、カミちゃんは貧しさを隠して子どもたちを育てる苦労を一人で背負ってきたのだ。今度も同じだ。頑張れるはずだと言い聞かせ、自分を震い立たせた。

泉次を明石に送り出した後、カミちゃんはまず幼い宏を背負いながら空き瓶拾いをした。空き瓶を集め、再利用する工場へ持ち込んで買い取ってもらうのである。拾えないときは民家に立ち寄り、譲り受けたいとお願いした。工場で買ってもらう値段より安くで譲り受けその差額を儲けとするのだ。それだけに収入は微々たるものだった。また、島外から来たカミちゃんには、空き瓶を買い集めることも容易ではなかった。どうせならと、見知った人々へ買い取ってもらう人々が多かったのである。

カミちゃんは幼い子どもたちを抱えながら、それでも働かねばならなかった。明日を生きるために、今日の糧を得なければならなかった。空き瓶回収では現金がなかなか手に入らないことが分かると、晩には縄を縫った。当時、沖縄では米国のドルが使用されていたが、農家から五セント分の藁を買い、それを縫い上げて七セントで売り歩いた。わずか二セントの儲けを貯めて、メリケン粉の小さな一袋を買った。

子どもたちが寝た後に毎晩毎晩縄を縫い続けた。子どもたちにひもじい思いをさせるのが何よりも辛かった。また子どもたちの笑顔を見るのが、何よりも嬉しかった。貧しい様子を見せるまいと誓っただけに、子どもたちの勉強の後は、みんなで歌を歌ったり、踊ったりと、つとめて明るく振る舞った。もちろん歌や笑いで、現金が手に入る訳はなかった。食料が舞い込んでくる訳でもなかった。歯を食いしばってカミちゃんは働いた。

学校が休みの日曜日には、年長の陽子と広子に宏を預けて食糧を求めて遠出をした。ある日、大川のおじいの畑があるという武田村まで歩いて芋掘りに行った。三里ほど離れていたがバス賃がなかった。その三里の道を歩いて行った。

到着すると、芋畑は何者かに荒らされていた。愕然としたが、手ぶらで帰るわけにはいかなかった。小さなクズ芋を集めることを思いつき、畑を掘り返した。思った以上に時間がかかった。日が暮れ始めた中を、やっとの思いで集めた芋籠を背負って歩いていると、前方に子どもたちの姿が目に入った。夕陽が子どもたちの背後から差してまばゆかったが、手をかざし目を細めて見る。確かに我が子たちだ。子どもたちは陽子を先頭に、みんなで手を繋いで村外れまで迎えに来たのだ。

みんなの影がカミちゃんの足下まで届いた。どの顔を見ても泣き出しそうである。実際、一番下の宏はカミちゃんの姿を見ると泣きながら走り寄って来た。陽子も泣き出しそうな顔で声を詰まらせ、村外れまで迎えに来た理由を説明した。

宏が、あまりにもひもじいと言って泣くので迎えに来たの。

お菓子屋さんにお願いして、飴玉を一つ貰ってあげたのに、泣き止まないから、みんなで相談して、お母ちゃんを迎えに来たの。

カミちゃんは、必死に涙を堪えた。ここで泣いたら貧乏がばれてしまう。笑顔を浮かべ膝を折って子どもたちの頭を撫でた。

ごめんね。遅くなったね。帰ったら、芋ニィーをいっぱい作って、一緒に食べようね。

うん。

宏が涙を拭いて大きくうなずく。

子どもたちも涙を拭《ぬぐ》い、カミちゃんの周りで笑顔を取り戻した。手を繋いで歌を歌いながら互いを励ますように歩き出した。カミちゃんも笑顔を浮かべて子どもたちと一緒に手を繋ぎ、歌を歌った。しかし、心の中で涙の川は激しく渦を巻いて溢れだしていた。

カミちゃんは、どんな苦しい生活の中でも、子どもたちにひもじい思いはさせるまい、病気には絶対にさせないぞと頑張ってきた。戦争中のヤンバルの山中で、栄養失調で命を奪われていく子どもたちの姿が瞼に焼き付いていたからだ。ウファンマーの思いやウシの思いが子どもたちの命に注がれていたからだ。

しかし、そんな思いも虚しく、宏が四十度の高熱を出した。熱にうなされて苦しんでいる。でも、病院に行くお金がない。冷たい水を含ませたタオルを絞って、何度も宏の額に当てる。そして祈る。

大川のおじいが裏座からやって来て、心配そうに様子を見る。病院へ連れて行きなさいと何度も言われる。恥ずかしさを堪えて正直にお金のないことを告げた。おじいは思案気に首をひねって考えていたが、隣の石垣さんからお金を借りて渡してくれた。カミちゃんはお礼を言って、急いで宏を背負って飛び出した。

病院へ着くと、医者から怒られた。肺炎になる寸前だった、危なかったと言うのだ。数日分の薬を受け取りながら涙を堪えて帰って来た。貧しさ故に危うく息子の命を奪われてしまうところだった。金を借りることを躊躇した自分を叱りつけ、貧乏生活のわびしさをつくづく感じさせられた。

宏は大川のおじいや石垣さんのおかげでやがて平熱に戻り、元気を取り戻した。しかし、カミちゃんの日々は休まることがなかった。

また、ある日、薪を探すために道々を歩いていると、思いがけなく道端の畑の傍らに小さな芋が捨てられているのが目に入った。慌てて駆け寄って拾い集めて籠に入れた。まるで乞食だと思ったが、なりふりなど構っていられなかった。なりふりなど構っていられないことを宏の病で学んだのだ。

カミちゃんは畑に飛び降り、畦道《あぜみち》に生えている蓬《よもぎ》やカンダバー（芋の葉）を摘んで、急いで家に帰った。

すぐに芋ニィーや野菜汁を作って子どもたちに食べさせた。メリケン粉を練って団子にして野菜汁に入れた。子どもたちは美味しい、美味しいと言って食べてくれた。

カミちゃんは料理にも工夫を凝らし気を配った。子どもたちに貧しさを気づかれないようにとの思いからだった。お姉ちゃんの陽子や広子は、あるいは気づいていたかもしれない。二人の健気な振る舞いを見ながら、カミちゃんは申し訳ない気持ちでいっぱいだった。明日になっても何の収入の目当てもない生活は、まだまだ続いた。

宏が病院へ担がれたという噂を聞いたとして、泉次が数か月ぶりに我が家へ帰って来た。泉次もカミちゃんと子どもたちが貧しい生活が続いていることを知っていた。しかし、仲間から外れて一人だけ開拓村を離れるわけにはいかなかった。子どもたちに頭を下げて、もう少しの辛抱だと詫びた。

陽子が、泉次に向かって大声で言った。

お父ちゃん、みんなで一緒に暮らした方がいいよ。

それを口火に次々と子どもたちが訴えた。

お父ちゃん、一緒に住もう。お母ちゃんが可哀相だよ。

お金はなくても、楽しい我が家。

みんなが一緒なら、ぼくはへっちゃらだよ。何も怖くないよ。

ぼくも手伝うよ。

幼い晋や宏までも、口を揃えて言う。

カミちゃんは、子どもたちを抱きしめて涙を拭った。

泉次は、子どもたちの要望を受け止めながらも、大きな不安を抱えていた。視線を落としてつぶやくように言った。

まだ、家族を迎える準備はできていない。どの入植者もそうだ。

お父ちゃん、大丈夫だよ。私たちが入植者の第一号になればいいさ。

ぼくもお父ちゃんの手伝いができるよ。薪だって拾えるよ。

私も水が汲めるよ。お母ちゃんの手伝いができるよ。

ぼくは芋を探しに行けるよ。

泉次屋、ばんざ〜い。

ばんざ〜い。ばんざ〜い。

そんな子どもたちの言葉に、泉次は長く考えていたが、やがて観念したように膝を折って子どもたちを抱きしめた。幼い宏を抱いて、高〜い、高〜いと、青空に向かって抱き上げる。宏が声を上げて笑う。そして何度も高い、高〜いを父親にせがむ。

分かった、有難う。みんなが我慢できるなら、そうしよう。

宏は、お父ちゃんの手伝いができるかな。

マカチョーケー（負かしておけ）。

宏でなく、傍らから晋が大声で返事をする。さらにその傍らから、久仁子も智も元気な声で返事をする。

カミちゃんは、いい子どもたちを授かったと思った。涙を払い、大空を仰ぎ見て天に感謝した。

5

カミちゃんは、子どもたちと共に泉次と相談をして、区切りのいい夏休みに明石の開拓村へ移動することにした。どうせ苦労するなら開拓村に行って苦労した方がいい。それは子ども以上にカミちゃんにも強く思われた。

もちろん、苦労がなくなるわけではない。明石ではさらに厳しい苦労が待っているかもしれない。それでも未来の展望が見えてきた。わずかな光明だが希望の光になった。カミちゃんにはこのことが何よりも嬉しかった。

一九五五年（昭和三十）八月十日、平良家の大きな変革の一日が始まった。まず長くお世話になった大川のおじいに礼を述べた。そして石垣市役所開発課のトラックで明石へ向かった。

子どもたちはトラックの荷台で元気よく歌を歌った。道は悪く、でこぼこ道で、トラックは大きく揺れたが、笑顔も歌声も絶えなかった。カミちゃんの家族が、明石村入植の第一号であった。

ところが、明石村へ到着すると子どもたちの表情は一変した。顔は強張り、体は硬直した。カミちゃんも同じだった。見渡す限り荒地である。樹は切り倒されていたが、畑と呼べる畑はなかった。赤い土肌が剥き出しになったその上に、慌てて作られたであろうカミちゃんたち家族を迎える一軒家がポツンとある。それも茅葺き屋根の家だ。中央にはバラックの建物が二つ見える。六十三名の男だけの入植者が一緒に寝泊まりする場所だ。まだ村とは呼べなかった。

家に近づくと床板も一部だけが敷かれていて、一部は赤い土肌が剥き出しになっている。電灯はなかった。ランプが一個、天井の梁から吊るされている。子どもたちの顔が青ざめた。カミちゃんには子どもたちが震えているのも分かった。

ぼくは、牛小屋には住まない。

絶対住まない！

智がそう言って後ずさった。そして、荷物を放り投げて逃げ出した。陽子が追いかける。カミちゃんも手を繋いでいた宏を広子に預けて、二人の後を追いかけた。

智は村の入り口の一本松を抱きしめて大きな声で泣き出していた。

ぼくは、絶対に牛小屋には入らん。大川のおじいの家に帰る。

智はいつまでも駄々をこねて泣き止まなかった。そんな智を、陽子が必死に説き伏せている。カミちゃんは途方に暮れた。熱い思いが激しく渦巻いて智を励ます言葉が見つからない。

智は六歳、陽子は十三歳になる。智は来年の春から小学校の一年生になる。陽子は中学校の一年生だ。明石には学校はない。どうすればいいのだろう。カミちゃんの脳裏にも様々な思いが渦巻いて考えがまとまらない。気が付くと両手を合わせて祈るように合掌し、二人の子どもを見つめていた。しかし、それも一瞬だけだ。

カミちゃんは、我に返ると二人の元へ歩み寄った。二人の我が子を無言のままで抱きしめた。しばらくすると智は泣き疲れたのか、それとも諦めたのか、ぐずりながらもカミちゃんと陽子に手を引かれて歩き出した。カミちゃんは、智が母親である自分の思いや戸惑いを、幼いながらも理解してくれたと思った。指先に力を込めて智の手を握った。再び家の前に来ると、泉次と数人の男たちが、目の前で釘と金槌を用いて床板を張り付けていた。

忙しくて、間に合わなかった。坊主、びっくりさせて、ごめんな。まあ、泣くだけの元気があれば大丈夫か。泉次の家族が入植するというんで、実際、我々も驚いたんだ。まだ早いぞ、ってな。あんたたちが、入植家族一号だ。おめでとう。

男の人たちは、智を見て励ますように声をかけた。真っ黒く日焼けした顔に笑顔を浮かべて明るく言い放った。

驚くことは、まだまだ、たくさんあった。まず電灯だけでなく水道もなかった。水は家の傍らに掘られた井戸から汲み上げて使うという。売店ももちろんなく、日用品を買うには四キロ離れた隣の伊原間《いばるま》の村まで行かなければならない。中学生の陽子と小学生の広子と久仁子はその村にある伊原間小中学校まで、毎日歩いて通わなければならない。それも舗装もされていない道なき道をだ。

それだけではない。夜になると戸を閉め切っても虫がランプの灯りに飛んできた。蚊は昼夜の別なく身体の周りで飛び回り、手足や首筋を刺した。顔面にもうるさいほどに群がった。蚊の対策として、日が暮れると部屋全体を覆うように蚊帳を吊った。夕食も蚊帳の中で食べることも多かった。

もう泣いてなんかいられなかった。カミちゃんは、毎日三人の弁当を作って村はずれまで手を引いて送り出した。夕方になると再び村はずれまで迎えに行く。

泉次は男たちと一緒に樹を伐採し開墾をしなければならない。家の仕事だけをしている訳にはいかなかった。それゆえに家の近くに畑を与えてもらったが、これを耕し、日々に食する野菜を植えて育てるのはカミちゃんの仕事だ。薪を集め、七人の料理を作るのもカミちゃんの仕事だ。炊事洗濯掃除も、もちろんカミちゃんの仕事だ。

三人の男の子は、智が六歳、晋が三歳、宏は一歳になったばかりだ。駄々をこねた智も四月からは一年生になる。観念したのか、近くの山に入り必死に薪取りを手伝ってくれている。みんな泣いてなんかいられなかった。平良家は明石村入植家族第一号なんだ。カミちゃんは、そう自分に言い聞かせ、子どもたちをも励ました。

ところが、心配していたことがすぐに起こった。子どもたちが次々とマラリヤに罹ってしまったのだ。近くには医者もなく、遠くの病院に行くには車もなかった。苦労を覚悟の上で入植したものの、途方に暮れる日々が続いていた。先遣隊の入植者からも、マラリヤを患い、二人の頑強な男が死亡していた。

カミちゃんは不安でたまらなかった。胸が潰れそうだった。枕を並べて、高熱にうなされている子どもたちを必死で看病した。井戸から冷たい水を汲み上げてタオルを濡らし、次々と額のタオルと取り換えた。遠い伊原間の売店まで行き、米を調達してきて、おかゆを作って食べさせた。

ところが、カミちゃんにも高熱が出た。マラリヤに罹ってしまったのだ。子どもたち皆が苦しんでいる姿を見て、初めて泉次を恨んだ。子どもたちの寝静まった後、泣きながら泉次の胸を叩いた。激しく叩いた。こんなことは初めてだった。

あんたは、こんな未開の地まで子どもたちを連れてきて、死なせてしまうのか。私たちを死なせるために、八重山まで連れてきたのか。

子どもたちに、立派な教育を受けさせるという私との約束はどうなったのか。

一人でも子どもを死なせたら、あんたを許さない。私も死ぬからね。

悔しくて、悔しくて仕方がなかった。それでもカミちゃんは寝込む訳にはいかなかった。高熱に悩まされ、絶望的な気分に陥りながらも、水を汲み、洗濯をし、薪を集め、食事を作らなければならなかった。

子どもたちみんなの額に冷たいタオルを乗せ、一人で山に入った。薪を集めている時、カミちゃんはついに倒れてしまった。木の根に躓き、起き上がれなくなった。力が入らない。起きようとしても起きられない。高熱で頭が締め付けられるように痛い。息を荒げた。疲れと苦痛で絶望的な気分に犯された。

もうこのまま死んでしまいたかった。台中丸で一家全滅した倫起の家族の無念さを思いやった。この地で私の家族も全滅か。墓場はどこにしよう。まだ造っていない。私が死んだら、私はどこに埋められるのだろう。子どもたちを死なせてはいけない。子どもたちはどうなるのだろう。目の前が真っ暗になった。

夢を見た。母親ウシの声が聞こえた。

カミちゃん、起きなさい。

ワラビ（童）が、家で待っているよ。

カミちゃん、起きなさい。あり、元気を出しなさい。

このまま死んだら意地クスネーランカミちゃんになるよ。それでもいいのか？

母親ウシの夢を見ていたのだ。カミちゃんは夢でウシに励まされ、涙をこぼしていた。

父親の倫正もウシの傍らに立っている。カミちゃんは倫正の前で洗面器に入った硬貨をちゃらちゃらと鳴らしているのは幼いカミちゃんだ。もっとよく父と母の姿を見たい。そう思って体を起こそうとするが、やはり起きられない。カミちゃんはうわ言のようにつぶやく。

お父……、お母、カミちゃんは頑張ったよ。精一杯頑張ったんだよ。もういいでしょう。

笑ってグソー（あの世）で迎えてよね。

ウシの笑顔が消えた。優しい言葉が一気に反転し、強い叱責に変わった。

ウフソー（馬鹿！）。意地クスネーラン、ウフソー。

ワラバーターが今、苦しんでいるんだよ。ヤンメー（病）と闘っているんだよ。これを助けないで、何が私は頑張ったよ、かね。

カミちゃん、起きなさい！　生きるんだよ。

苦労に負けてはならないよ。貧乏に負けてはならないよ。あんたが死んだらワラバーターは余計苦労するよ。親のいないワラバーターは哀れだよ。

カミちゃんには、起きられない……。

カミちゃん、起きなさい！　生きるんだよ。

ヌチ（命）ヤ、天カイニアインドー（命の定めは天にあるんだよ）。勝手に命を捨ててはいけないよ。ヤーガドゥ、ナラーチェーサニ（あんたが、私に教えたんじゃないか）。今ここで死んだら、一番の親不孝者になるよ。アリ、ヌチカジリ、イキレー（命の燃え尽きるまで生きるんだよ）。

カミちゃん、起きなさい！　生きるんだよ。

カミちゃんにはウシの声がはっきりと聞こえた。夢ではないのだ。傍らにお父とお母がやって来たのだ。

目を覚まし、必死に体を起こして半身になって辺りを見回す。ウシの姿は見えなかった。倫正もいなかった。もちろん、だれもいなかった。マブイ（魂）がやって来たのだ。

カミちゃんのまなじりには、幾筋もの涙の痕跡があった。夢で泣いたのではなかったのだ。

カミちゃんは、気を取り戻して力をこめて立ち上がった。よろけながらも体を支えた。

七人の子どもたちの笑顔が次々と浮かんでくる。

まだ死ねないね。

ワラバーターを残しては死ねないね、お母……。

みんな私が生んだ子だ。絶対に死なせてはいけない。死なせるものか。

背後からウシの声が何度も聞こえてきた。

チバリヨー（頑張れよ）、カミちゃん。意地イジャシヨー（意地を出してよ）。

カミちゃんは涙を払いうなずきながら子どもたちの待つ家へ急いで戻った。

家には枕を並べて高熱にうなされている我が子がいた。すぐに額に手をやり頬に手をやる。急いで冷たい水を汲みタオルで体を拭いた。薪をくべ粥を炊いた。一つ一つの命がいとおしい。

マラリヤは、最初はひどい寒気が来て、ぶるぶると体を震わせる。布団を何枚掛けても震えが止まらない。ようやく止まったかと思うと、今度は四十度近い高熱が出る。高熱が出ると、ひきつけを起こして苦しみ、熱にうなされてうわ言を言う。しまいには脳までが熱に侵される。そして死んでしまう。

子どもたちのうわ言が聞こえてくる。カミちゃんは悲鳴を上げそうになるのを必死に堪える。何度も駆けるようにしてにじり寄る。冷たいタオルを絞って取り替える。この子たちを守ってやらねばならないのだ。自分より先に逝かせてはならないのだ。

突然、広子が立ち上がって、訳の分からないことを言い出して騒ぎ始めた。不安が頂点に達する。カミちゃんは必死に広子を抱きしめ背中をさすって宥める。その傍らで、今度は智が引き付けを起こした。カミちゃんは自分がマラリヤであることを忘れて、井戸へ走り、水を汲み、必死に看病をする。

義姉《ねえ》さん、元気かな。

みんな、どうしている?

義姉さん、お土産を持ってきたよ。

まさか、と耳を疑った。憲次郎さんの声だ。妹静子の夫で、那覇で一つ屋根の下で暮らした奥島憲次郎さんだ。憲次郎さんは裁判所の事務官をしている。那覇に居るはずだ。

どうしてここに……。カミちゃんは驚いて表戸の入り口を振り返る。やはり憲次郎さんが立っている。

智くんは、元気かな?

そう言って部屋の中を覗く。智が目を覚ました。

憲次郎叔父さんだ!

智は飛び起きて、憲次郎さんの元に駆け寄った。目の前に、本当に憲次郎さんが立っていた。石垣島へ出張があり、明石を訪ねたいと思い、自転車に乗ってやって来たというのだ。びっしょりと汗をかいている。

智は憲次郎さんに抱かれて笑顔を浮かべている。憲次郎さんも笑顔を浮かべていた。沖縄本島から遠く離れた石垣島で、そして石垣島の中心地新川から遠く離れた明石村で、こんなにも身内の声が恋しかったのか。智の笑顔を見ると胸が熱くなった。子どもたちの心情を考えると涙が溢れそうになった。母ウシと父倫正が憲次郎さんを遣《つか》わしたのかもしれない。そう思うと胸が潰れそうになった。涙を押し止めて憲次郎さんに感謝の言葉を述べた。

不思議なもので、智はそのまま熱が下がりマラリヤまで治ってしまった。こんなこともあるものかと、カミちゃんは驚いた。智だけでなく、広子も陽子も、子どもたち全員が同じように熱が下がり始めていた。

憲次郎さんは福の神だった。憲次郎さんまでマラリヤに罹っては大変だと、蚊に刺されるのを避けるために、蚊帳を吊るし、蚊帳の中で懐かしい思い出話や食事をした。子どもたちも、みんなが起き出してきて、お土産を貰い、かつて住んでいた那覇の様子を興味深く聞いていた。憲次郎さんはカミちゃん家族だけでなく、明石村にとっても第一号の訪問者だった。

子どもたちはその日を境に、全員が回復に向かった。カミちゃんもいつの間にか熱が下がっていた。しかし、憲次郎さんは那覇に帰ってからマラリヤの症状が出たという。申し訳ないやら、感謝の気持ちやらで胸がいっぱいになった。ただただ、身内の親切に感謝した。

カミちゃんの家族がマラリヤに罹った後、琉球政府や米軍関係者、そして明石村を管轄している大浜町が迅速な対応を取ってくれた。先遣隊の父親に二人の犠牲者が出たこともあって、マラリヤの撲滅に本格的に取り組んでくれたのである。川の魚や鼠までが死んでしまうほどの強力な消毒剤が散布された。家屋の周りの叢《くさむら》もなぎ倒され、辺りが白く濁るほどにDDTが撒かれ、衛生環境が一気に整った。

その間にも、着々と山林の開拓は続けられた。そして切り株の残る畑も土肌の見える畑も整備された。畑にはパインが植えられ根付いて新芽を出し緑の畑に変わっていった。家族を迎える住宅も次々と建築され、マラリヤも撲滅された。やがて先遣隊すべての家族が入植し、賑やかになるはずだ。開拓村明石の誕生は目前に迫っていた。

6

一九五五年（昭和三十）十一月十二日　沖縄本島十三市町村から明石村へそれぞれの家族が入植した。六十三戸、四〇一名の寄り合い集落明石村が誕生したのである。その中には土地や家屋を米軍基地へ接収された一家もいた。それぞれの事情を抱えながら、夢を耕す明石村での生活が始まったのである。マッチ箱を並べたような茅葺屋根六十三戸の集落であったが、この日を境に明石村は一気に活況を呈していった。

入植者の初代団長が決められた。次いで六十三戸を四つの班に分けて各班の班長が決められた。班長会は集落の運営をスムーズに行うためのもので定期的に開催された。入植者の意見を吸い上げ、足りないものを補い、徐々に集落の体裁を整えていった。

六十三家族が入植するとその翌月の十二月五日には先遣隊の宿舎が改築されて、伊野田小中学校明石分校が開校された。このことはカミちゃんを特に喜ばせた。

カミちゃんの家族は、十一月の全体の入植者より一足先の八月に入植していた。子どもたちは九月になって二学期が始まると、片道四キロも離れた伊原間小中学校に通学していた。帰りは日が暮れることも多く、カミちゃんは宏を負ぶって途中まで迎えに行くことも度々あった。娘三人が手を繋ぎ、夜道を歌を歌いながら帰ってくる姿に、我が子ながら感心したが、それ以上に申し訳ない気持ちでいっぱいだった。三人の娘だけでの登下校は、事故や危険な目に合わないかと、いつも不安であった。その不安が解消されたのだ。

分校主任には与儀兼六先生が着任した。他に中学校に一人、小学校に三人の先生が発令され授業が行われた。素早い分校の開校は、入植者のだれもが子どもたちの教育を重視していたからだろう。

学校も集落と同じように、電灯や水道はまだなかった。子どもたちや先生は、毎朝、村の井戸から水を汲み上げて学校の水タンクに運んでいた。電灯と水道は、学校や集落の早急な要望事項としてすぐに実現するように当局に要請した。琉球政府や、明石村を管轄する大浜町も、すぐに検討したいと即座に約束してくれた。

村には、不自由なことはまだまだ多くあったが、カミちゃんは賑やかになった村で、我が子の遊び回る姿を見るのが何よりも嬉しかった。智も晋も宏も、その輪の中に入り、大声を上げ、先輩面をして村中を元気よく駆け回っていた。

明石村は南に、はんな岳、北に久宇良《くうら》岳が大きく聳える谷間にできた村だった。東には太平洋が広がっており、山の幸や海の幸など豊かな自然に取り囲まれていた。二つの山には季節を告げる花々が咲き競い、野イチゴやヤマモモやクビの実などがたわわに実った。海の幸は、子どもたちが貝やタコ、魚などを手づかみすることができるほどに豊かであった。

また、明石の海は、村からわずか数十メートルの距離にあり、子どもたちは一日中その海辺で遊んでいた。美しい砂浜、透明な海水、入り江を作っている穏やかな海面、干潮時に浮かび上がる珊瑚礁、明石村は、入植地としては間違いなく絶好な地であった。

カミちゃんは、数か月前の苦労を思い出しながら、様変わりしていく村の様子を目を細めて眺めていた。同時に新しい村づくりには、主婦の力もアイディアも必要なんだと思い始めていた。親しくなった主婦たちにそんな思いを告げると、すぐに賛同者が集まった。

カミちゃん、あんたはいいことに気づいたね。

この村は寄り合い所帯さねえ、村行事や、ウガミ（祈願）行事は、それぞれの村で違っているからねえ。どうすればいいかと不安だったさ。

私も不安だったよ。みんなで相談して、意見をまとめればいいねえ。

男の人は、こんなウガミ行事には疎いからねえ。ワッター（私たち）の出番だよ。

主婦たちは、カミちゃんの提案に子ども以上に賑やかな声を発して意見を言い合った。

しかし、婦人部を組織して主婦たちの意見を汲み上げて新しい村づくりに生かそうと意見は一致したものの、いざ婦人部役員の選出となるとだれもが戸惑った。会長はもとより班長の選出も難航した。十三市町村からの寄り合い所帯であるがゆえに、だれが会長の適任者なのか、だれが班長を引き受けてくれるのか分からなかった。また多くの主婦たちが幼い子どもを抱えていて、子育ての時間にも追われていたからだ。とりあえず各班の班長をくじ引きで決めようということになった。カミちゃんは二班の当たりくじを引いた。

それから各班の班長が何度か集まった。多くはカミちゃんの家がその場所になった。話し合ってみると、やはり開拓村での課題は山積していた。子育て、教育、村行事のありかた、環境整備、清掃日、衣食住、どれも大切なことだった。しかし、どうすればいいのか分からなかった。そして、明石村は賑やかになったものの、主婦たちのだれもがみんな忙しくて家族の食事も十分に準備することができないほどだった。もちろん、だれもが貧しかった。

そんなころ、琉球政府開発課の職員が数人で明石村の視察にやって来た。その中の一人がカミちゃんの家を訪問した。カミちゃんの家が最も早い入植者だということや、班長会議の場所になっていることを聞きつけて訪問したものと思われた。職員は、婦人部の大切さ、町の普及所と協力しての生活改善の在り方、また農協など組織をとおしてのグループ活動の在り方などを熱心に教えてくれた。

カミちゃんは早速婦人部の班長会議で、授かった方法を説明した。みんなが目を輝かして聞いてくれた。開拓村の苦難を乗り切るためには婦人部の結成が改めて重要なことが確認された。そして入植してきた家族の主婦全員を会員にして、明石生活改善グループを結成することがみんなの賛成で決められた。カミちゃんは推されて初代会長になった。もう断らなかった。一九五七（昭和三十二）年三月のことだ。カミちゃんは四十一歳になっていた。

会長になったカミちゃんは、どのような苦難もみんなと一緒に乗り切ろうと決意した。そして、責任を持ってみんなの先頭に立った。まずは活動のための資金作りからと集落有地二反歩を婦人部で借用した。町の生活改善員や農協職員の指導をも仰ぎながら、開墾してサトウキビや落花生を植えた。幼い子どもたちを草の上に蓆《むしろ》を敷いて寝かせ、あやしながらの作業だったが、みんな協力してよく頑張ってくれた。

サトウキビや落花生を収穫して手に入れたお金で、最初に村のお年寄りを招待して石垣島の一周観光を計画した。バスを貸し切り多くの婦人部員も参加した。石垣島は思った以上に広く、山も海も輝いていた。お年寄りはだれもが涙を流して感激し、カミちゃんたち婦人部のみんなにお礼を言った。

ハメハメ（ああ）、有難う。ヌチグスイヤタンドー（命の洗濯になったよ）。極楽極楽。生きている間に、こんな観光ができるとは思ってもみなかったよ。苦労をしてきた甲斐があったよ。有難う。有難う。

カミちゃんたち婦人部も、嬉しさのあまり涙を流して喜んだ。

カミちゃんたちは、いよいよ自信を持って婦人部の活動に取り組んだ。一九五九（昭和三十四）年には八重山で初の大浜農協婦人部が結成されたが、明石婦人部はその原動力になった。大浜町の普及所との連絡はますます密になり懇切丁寧な指導がなされた。農協からは金銭的にも多くの支援を受けることができた。農業指導員からは、八重山での農業のやり方や農作物の育て方なども丁寧に教えてもらい大きな励みになった。『家の光』の読書会も行われた。みんなで計画し、みんなで読み続けた。新しい知識は刺激的だった。また大浜農協婦人部としての活動は、他地域との交流も広げていった。他地域の意見も聞きながら、明石村独自の年間行事も作り上げた。父親たちは婦人部の活動に目を丸くしたが協力を惜しまなかった。

石垣島は、夏になると台風の通り道になる。このことは島全体の頭痛の種であった。もちろん明石村でも農作物に被害が出るだけに死活問題の一つであった。台風が来ると、数軒の家の屋根が吹き飛ばされた。そんな時は、父親たちが力を合わせて、その屋根の修理に当たった。修理後は酒が振る舞われ、ご馳走が提供された。

カミちゃんたち婦人部は、生活改善の一環として、接待の簡素化を呼び掛けていた。屋根ふき後の接待もその一つだった。しかし、このことは、酒好きのお父さんたちの猛反発にあった。激しい口調で怒鳴られた。

酒も飲めない家造りなら、修理はやらないよ。

台風で屋根が吹き飛ばされても、これからは女だけでやれよ。

明石村は住みやすくなったけれど、酒も飲めない村は、明石村だけでないか。

さんざんに皮肉を言われたけれど、カミちゃんたちは、ひるむことなく笑顔で対抗した。お父さんたちと婦人部との間での知恵比べとなったが、家庭サービスは倍にして返しますから、という婦人部の笑顔に、結局お父さんたちが根負けした。明石村に対する愛着も、カミちゃんたちだけでなく、村人の間で大きく芽生えていた。

※

カミちゃんの妹婿奥島憲次郎さん（八十九歳）は、発足当時の明石村の様子を次のように語った。（二〇一七年一月二十五日、浦添市の自宅にて）

ぼくは那覇裁判所に勤めていたんだがね、年に一、二回は石垣島に出張する機会があったので、その都度、明石に寄ったんだ。

最初に明石を訪ねた時は、まだ開拓中だった。あのころは車が少なかったからねえ。石垣から自転車に乗って行ったんだ。ところが途中から道がないんだよ。いや、あるにはあるんだが砂浜のような道だ。大浜から白保まではよかったんだが、あとは自転車はこげなかった。引っ張って明石まで行ったよ。汗だくになった。朝に石垣を出て夕方に明石に着いたんだ。丸一日かかったよ。今では考えられないことだなあ。

あのころは琉球政府の移民計画で、明石以外にも、大里や野底など他にも移民部落があったと思うよ。明石は遅い時期の開拓村じゃないかな。ぼくが最初に行ったところは、明石には泉次屋の家が一軒あるだけだった。他の家は造り始めていたが、まだ入植していなかった。

今考えると、知らないとはいえ、よくもまあ自転車をこいで明石まで行ったと思うよ。無謀だな。翌日は、開発課のトラックが来たんでトラックに自転車を乗せて帰ったんだ。本島に戻ってからマラリヤに罹ったよ（笑い）。

ぼくが明石に行く度にね、泉次義兄《にい》さんは山羊を潰してご馳走してくれるんだよ。それがまた楽しみでねえ。いつもお土産までもらった。懐かしいなあ。

奥島憲次郎さんは、奥さんの静子さんと一緒に、本当に懐かしそうに明石のことを話してくれた。私が明石村を訪ねてみたいと告げると、笑みを浮かべて大きくうなずいた。

7

カミちゃんたち明石婦人部の活躍は、石垣島だけでなく沖縄本島にも広がっていった。

一九六二（昭和三十七）年には琉球政府からモデル研究地域に指定された。農村の生活改善のための特別研究地域として指定されたのである。

カミちゃんたち婦人部は、自分たちの活動が高く評価されたと喜んだ。カミちゃんは、今度はモデル研究を進める責任者になって欲しいと婦人部から懇願された。大浜町の社会指導主事や明石の仲間たちがカミちゃんの元に説得にやって来た。

カミちゃんは荷が重いと断った。当時、泉次は学校のPTA会長を引き受けており、二人で重要な役職に就くのは無理だと告げた。明石で生まれた一番下の娘の篤子《あつこ》はまだ五歳になったばかりで手が掛かった。

すると町の指導主事と一緒に学校長までが自宅に押しかけて来た。泉次のPTA会長は代わってもらってもいいと説得に来たのである。それだけでない。苦労を共にしている明石の婦人部も集団で押しかけて来た。

カミちゃんが、会長になったら、どんな協力でもするよ。

これまでどおり、頑張ればいいんじゃないの。

明石が注目されることは嬉しいことだよ。

予算も取れる（笑い）。

これを機会に、もっともっと明石の村の環境をよくすることができるよ。

明石婦人部は、カミちゃんの人柄や、どんな困難にも弱音を吐かずに立ち向かう意志の強さに敬意を表していた。泉次もカミちゃんを励ました。

ＰＴＡ会長は、もう後任が決まったよ。

俺の代わりはいるが、カミちゃん、あんたの代わりはいないよ。

女の人も、外に出ていろいろと学んだ方がいい。今は、そういう時代だ。

泉次が笑顔を浮かべて背中を押してくれた。その一言でカミちゃんは泉次に感謝し、引き受けることを決意した。

引き受けると行動は早かった。持ち前の明るさで、その取り組みをどんどんと前へ進めていった。半年間の研究指定だ。半年先には、その研究成果の発表会が予定されている。

婦人部の中でも、積極的に活動に参加してくれている数人を集めて事務局体制を構築した。知恵を出し合い、新しい取り組みを考え、与えられた予算内での執行を検討した。

新しい取り組みの一つに、婦人部会誌の発行を思いついた。農村での子育ての悩みや、日々の生活の工夫、農作物を育てる知恵や料理の工夫などを会員から聞き取る。聞き取った悩みや工夫をみんなのものにしようと思ったのだ。会誌を『めばえ』と名付けて発行した。

発行すると予想以上に好評であった。みんなが喜んでくれた。会誌の発行を待ちかねる人々も出るようになった。入植後の苦労話を自ら語りに来る者もいた。将来の希望を語る者もいた。聞き取りだけでなく原稿を募集することも思いついた。料理講座も開催した。アイディアは次々と生まれた。婦人部はこのことで、これまで以上の固い結束を生み出して、子育てや農作業へ打ち込んだ。

明石小学校で行われた発表会では、琉球政府から来賓がやって来た。石垣島全域からの市町村職員、また沖縄本島の市町村からの参加者も大勢出席した。

カミちゃんたちは緊張を強いられたが自信を持って発表会に臨んだ。会員全員が接待係、会場係などと役割を分担した。そして会員自らが手塩にかけて育てたトマトや大根などの作物の展示コーナー、漬物やジュース等の加工品コーナー、おかずの工夫などの日常生活の食品コーナー、さらには料理コーナーを設け、料理作りを実演して見せた。

加工品コーナーでは、農作物から漬け物やジュースの作り方など、分かりやすいように大きなトリノコ用紙にマジックを使って書き込んで図式化した。活動の様子を示す写真なども展示した。もちろん、会員の連携と知恵を共有する『めばえ』の第一号から第十三号までの現物も提示した

カミちゃんは会長として、数名の仲間と一緒に壇上に上がり、活動の内容を報告した。大好評であった。終了後は、大拍手で讃えられた。何人もの人々がカミちゃんたちの元に駆け寄って来た。

さすがに明石婦人部だ。素晴らしい。

忙しい中で、よくもまあ数々の取り組みができたものだな。おめでとう。

開拓村明石は、婦人部で持っているようなものだな。

お父さんたちは、どうした、お父さんたちは。

そんな冗談を言いながら、婦人部を讃える者もいた。

明石婦人部は肩を抱き合って喜んだ。感極まって泣き出す者も出た。この発表会を契機に、さらに会の結束は強まった。村が家族のようになっていた。

その後、本島各地から農家の人々や市町村の生活改善担当者が明石村の視察にやって来た。明石婦人部の活動は新聞にも取り上げられた。全国にも知れ渡り、カミちゃんたちは本土での発表会にも県代表として招待された。発表前に、参加者全員でカチャーシーを踊って会場を盛り上げたりもした。

カミちゃんが出張の際は、泉次も子どもたちも、笑顔で送り出したが、帰って来ると留守家族での出来事や不満を子どもたちは大声で告げることもあった。

お父さんの料理はね、お母さんが作ってくれたおつゆに毎日野菜を継ぎ足すだけだよ。

おつゆは緑色に変色したよ。

ぼくは、緑色のウンチをした。

お弁当のおかずは、鰯の缶詰だけ。

不満を述べる子どもたちの顔には、それでも笑顔が溢れていた。貧しくても楽しい我が家だ。カミちゃんが描いた家族の姿だ。充実した明石での生活がやっと手に入りつつあった。

ところが、好事魔多しと言われているように、幸せな時間だけではなかった。石垣島は台風によく襲われたが、一九七〇（昭和四十五）年の大型台風は石垣島に大被害をもたらした。その年の台風十号はアニータと名付けられ八月に上陸した。開拓村明石にも、壊滅的な大被害をもたらした。

台風接近と共に荒れ狂う暴風は海からだけでなく、いたるところから吹いて来た。やっと生活環境の整いつつあった明石村にも、うなり声を上げて襲い掛かった。村の牛小屋や山羊小屋はそのほとんどが屋根を吹き飛ばされた。さらに住宅の多くが倒壊した。荒れ狂う暴風の中を幼子を抱えながら隣家に避難した家族もいた。街路樹がなぎ倒され、戸板が吹き飛んだ。明石小学校の校舎の窓ガラスはほとんどが割れた。カミちゃんの家の茅葺屋根も一部が吹き飛んだ。巨大な象がやって来て村を踏み潰して立ち去った跡のような惨状だった。

農作物への被害も大きかった。明石村の換金作物は、主にパインとサトウキビであった。その二つとも大きな被害を受けた。サトウキビは暴風をまともに受けて根こそぎ倒壊した。パインは収穫の最盛期を迎えていたが、暴風を受けて実がもぎ取られ、根を地上に晒して引っ繰り返っていた。台風が過ぎ去った後、みんながその被害の大きさに茫然と立ち竦んだ。

その被害がまだ癒えない翌年の一九七一（昭和四十六）年には大干ばつに見舞われた。この年は日本復帰の前年であるが、干ばつ日は連続して一九一日にも及び、石垣島の農業は、これで終わりだと囁かれた。三月から九月初めまでほとんど雨が降らず、気象台は五十八年ぶりの大干ばつと発表した。

六月に入ってからは草も枯れ、水もなく、牧牛の餓死も始まった。サトウキビは、その大部分が立ち枯れた。

石垣島でも、また石垣島を取り巻く小さな島々でも、飲料水が無くなり、沖縄本島から船で運ばれてきた。雨乞いの祈願や米軍の人工降雨作戦も行われたが効果はなかった。多くの島々で、島を離れ、故郷を捨てる者まで出た。

この天災を二年連続して被った明石の人々も、困惑と悲しみに打ちひしがれた。さすがに耐えられずに、明石を離れ沖縄本島へ引き揚げていく家族も出た。また本土へ出稼ぎに行く者も出た。村の戸数は一気に減少し、六十三戸から四十八戸になった。

カミちゃんの家族は明石村に留まった。泉次は村の仲間から本土への出稼ぎに誘われたが断った。

せっかく開墾した土地だ。手入れをしないと、また荒れてしまう。

土地が命を奪うことはないさ。七転八起の精神だよ。戦争に比べれば耐えられる。

カミちゃんも泉次の傍らで笑顔で答えた。

土地は逃げないからね。

愛情を込めたら、また答えてくれるさ。

カミちゃん家族の奮闘はそれからも続いた。平良家は土地と共に生きる。家族みんなでそう誓い合った。休む暇もなかった。農協から借金をして、再びサトウキビを植え付け、パインの苗を植え付けた。カミちゃんの腰は一時期自然に曲がり背中にはコブができた。子どもたちも学校が終わると、すぐに畑にやって来て一緒に手伝ってくれた。

そんな中でも明石村を取り巻く自然はまぶしかった。カミちゃんは曲がった腰を伸ばして太陽を仰ぐ。目に映る自然はやはり美しい。台風にも干ばつにも襲われるが、爽やかな風も豊かな太陽もある。台風も爽やかな風も特別ではない。これが自然の巡り合わせなんだ。この巡り合わせが美しい風景をつくる。作られたこの自然と共に生きる。この決意は変わらなかった。災害を友にこそすれ、負けてはならないのだ。

考えを巡らしていたカミちゃんの脳裏に、ふと、かつて読んだことのある『家の光』の記事が浮かんできた。すぐに『家の光』を戸棚から取り出し、長いこと忘れていたその記事を広げ見た。

養蚕の特集記事である。明石村でも桑を植え蚕を育てることができないか。家屋の中で行う養蚕は、台風や干ばつに負けない産業になるのではないか。カミちゃんの負けじ魂に再び火が付いた。ヤンバルに居たころ、芭蕉の糸を紡いで機を織り、主婦の内職にしたように、今度は明石の地で、蚕の糸を紡ぎ布を織ることができないかと考えたのである。

カミちゃんは、養蚕に関する資料を取り寄せて必死に読み込んだ。そして町役場まで出かけていき、町の担当者と相談をして専門家の指導を仰いだ。さらに、モデル研究を成功させた婦人部の仲間にアイディアを紹介し参加を呼びかけた。

カミちゃん、有り難う。

嬉しいよ。またやる気が出てきたよ。

もう、明石村は駄目かと思っていた。

明石をいつ離れようかと考えていたのに、また希望が湧いてきたね。

やりましょう。カミちゃん。桑の樹を植えて、蚕を飼いましょう。

婦人部は、再びカミちゃんの元に結束した。みんなが元気を取り戻し、夢を持った。早速、明石村を離れていった人々の土地に桑を植えた。空き家を改築し養蚕室にして棚を造った。婦人部共同の事業として一緒に汗を流した。養蚕をしている本島の農家へ研修員も送り込んだ。大成功だった。戦後初の八重山での養蚕業へ発展したのである。糸を紡ぎ機を織る音が明石の村に響き渡り、再び主婦の笑い声が明石の村に蘇ったのである。

※

当時の様子を、カミちゃんの家の道向かいに住み、井戸を共同で使用していた比嘉光江さん（七十三歳）は次のように語った。（二〇一七年二月十七日、石垣市美崎町にて）
セツおばさんは、とにかく、何をするにもリーダーだった。おじさんは早起きで畑仕事に精を出していた。おじさんは毎朝、庭に出て海軍体操をしていた。光江、あんたもやりなさい、と言われて、小学生の私はいつもおじさんと一緒に海軍体操をした。

セツおばさんは私にとって、二人目の母と思っています。当時は開墾もまだ半ばで、マラリヤで二人の男の人が亡くなりました。入植した時、私は小学校五年生でした。大宜味村の大保《たいほ》から家族で入植しました。当初、明石には学校がなくて、伊原間の小学校にも入学できず、廊下から勉強するみんなを眺めていました。

明石は本当に何もなかった。売店もない。バスもない。私たち子どもが歩いて伊原間まで買い物に行きました。大人たちは忙しくて学校に行く私たちに買い物を頼んだんです。

明石ではパインを植えていました。セツおばさんの家の畑と私の家の畑は隣どおしでした。パイン畑には蜂がいっぱいいいた。蜂に刺されて泣いたこともあるよ。草取りだけでなく収穫も大変だった。開墾地の畑から籠に入れて村まで担いできたんだよ。

学校は、明石の人たちみんなで造った。私たち子どもたちもみんなで石を運んだ。大人たちは手動のミキサーを回した。子どもも大人のように働いた。明石の大人たちは、まずは学校からという感じだった。

私の母とセツおばさんは、とても仲が良かった。忙しいのに何で手伝いに来ないのかと喧嘩するほど仲が良かった。二十歳を過ぎると私もセツおばさんの手伝いをしたが、いろいろな書類を書かされた。

セツおばさんは蚕が好きでね、ポケットに入れたり、肩に付けたりしていた。顔にも付けるんだよ。私らは驚いて逃げたよ。

養蚕農家は七軒ぐらいあったかな。私の家もそうだった。養蚕はお金になったよ。一反売れば六万円ぐらいになったんじゃないかな。染の専門家なども来てね、草木染などを教えてもらったよ。共同の作業場や養蚕場もあったからね。本土からも見学者がよく来たよ。

光江さんは、体調が悪いのを厭わずに、当時の明石の様子を丁寧に語ってくれた。

※

明石に住んでいる新里初枝さん（八十六歳）と新里明美さん（七十一歳）も明石の様子を語ってくれた。二人は沖縄本島中部の読谷村からの入植者で、入植時から現在までずーっと明石に住んでいる。当時の様子を写真を見せながら次のように語ってくれた。

（二〇一七年二月十八日、明石村にて）

え。

これは公民館での写真だよ。ここに写っている人たちは、もうほとんど亡くなったね

私たちは読谷の喜納《きな》からの入植者だよ。私は小学校三年生までは喜納の小学校で学ん

だ。平良さんたち家族は、私たちよりも少し早く入植していたね。

平良さんは明石で養蚕を広めたんだよ。政府の補助事業で予算もつけてもらい、みん

なのものにしたんじゃないかな。蚕がお金になって見えるから怖くないよと言って私た

ちを笑わしよった。

平良さんは婦人部の活動を頑張ってくれた。明石は十三市町村から入植してきたから

ね。まとめるのに難儀をしたはずよ。でも、みんなが婦人部の会長は平良さん以外には

いないという感じだったね。この写真は、公民館での敬老会の様子だね。

私は、読谷から明石に行く時、明石はマラリヤがひどいと聞いているから、行かない

方がいいよと村の人から止められました。でも、父はそれを振り切って家族みんなで入

植しました。父は、八重山は第二のハワイになるよって、よく言っていました。

私は二十四歳で入植しました。夫と一緒に子ども三人を連れて入植しました。夫は三十三歳でした。

やっぱり、最初のころは苦しかった。パインとかサトウキビとかジャガイモなどを植えた。玉ねぎなども作ったけれど、会社は引き取るという約束だったのに、引き取らなかったから大変困った。

母は五十七歳で亡くなった。父も六十五歳で亡くなった。ここ明石に墓もあるよ。

苦しいときも、平良さんたちから集まりがあるよと言われると、集会所に子どもたちを連れて行ったよ。ヤンバルの人たちは歌や踊りが上手だった。ふざけてみんなを笑わせていたね。

平良さんはリーダであったけれど、威張った素振りは全く見せず、ウフソーフージ（馬鹿な真似）をして、よくみんなを笑わせていた。

平良さんは、話しやすく、みんなが親しくしていたね。

平良さんは、明石生活改善部だとか、明石農協婦人部とかを立ち上げた。

私は、母が平良さんと一緒に活動していたので、成人しても平良さんの協力がスムーズにできた。村と外とのパイプ役は平良さんが引き受けてくれたよ。

この地域がどのようすれば発展していくか。平良さんと一緒にみんなで考えた。ワクラカマドの普及だとか、味噌づくりだとか、みんなで教え合い、習いあった。

ここには昭和三十年に入植したけれど十年間は電灯も水道もなかった。親たちが庭に蓆《むしろ》を敷いて月明りの下でユンタクしていたことを覚えている。電灯が点いたのは昭和四十年ごろだったはず。

道も悪くてね。バスが通るようになっても埃がひどかった。揺れもひどいから、バス酔いもして大変だった。歌をすればバス酔いをしないからと言われて、バスに乗ったら小さい声で歌を歌ったよ。

海亀を食べて中毒になった事件が起きた。死亡者も出たから、大変だった。

私が中学一年生の時だったが私も食べた。下痢はしたけれど私は大事には至らなかった。

私は……、子どもを亡くした。移ってきて三年目か四年目だった。四人目の子で初めて男の子ができたと喜んでいたが、この子がヤラレた……。

本島の新聞にも中毒事件のことは取り上げられたはずよ。子どもと年寄りが重症になった。村には保健所の人がたくさんやって来て、あちこちの家で点滴がなされていた。結局、小さい子どもが二人死んだ。

明石では、辛い思いも、たくさんしましたよ……。

蝿も多かったね。蝿を取るために、蝿取りの瓶も各家庭で購入した。これも平良さんたちの勧めだね。

トイレは外にあったけれど、トイレの前に手洗い器をぶら下げた。この手洗い器を普及したのも平良さんたちの考えだった。

呼び掛ける人がいたから、いろいろなことができたと思うよ。

いろいろあったねえ……。

あのね、家の光の研究発表会が那覇であってね、何名かで出かけて行ったんだよ。私もその一人に選ばれて那覇に行った。帰ってきたら家の電灯が点いていた。

それこそ、

家の光だね。

二人の新里さんは声を合わせ顔を見合わせて笑った。

二人は、終始笑顔を浮かべていたが、元気に笑う二人の笑顔には、明石村のたくさんの歴史が刻まれていたはずだ……。

8

弥生三月、カミちゃんと泉次の夢が実現した。末娘の篤子が、本島の大学へ入学が決まったのだ。授かった七名の子ども全員を、大学まで進学させるのがカミちゃんと泉次の夢だった。そのために歯を食いしばって頑張って来た。

もちろん子どもたちの頑張りも大きかったが、このことを目標に貧乏にも耐えてきたのだ。この苦労が報われたと思った。

お母さん、お世話になりました。

お父さん、有り難うございました。

末娘の篤子が家を出る時、カミちゃんと泉次に深々と頭を下げた。カミちゃんは大きな笑顔を浮かべて娘を祝福した。

何を言っているんだよ、あんたは。

結婚して家を出るわけではないし、大学へ行く、めでたい日だよ。

泣いては駄目だよ。泉次屋の子どもは涙を見せないよ。

カミちゃんの励ましに、篤子が堪えていた涙を流した。

早く一人前になって、お父さん、お母さんの苦労に報いたいと思います。

お前は、末っ子だから、あまり慌てなくてもいいんだよ。

ゆっくり頑張ってきなさい。

泉次が、カミちゃんの傍らから声を掛ける。

篤子は涙を拭ってうなずき手を振って家を出た。

石垣島には大学はない。家を離れ、本島や県外の大学で学ぶことになる。篤子は那覇市にある大学に入学する。長女の陽子は、すでに大学を卒業し、教員として働いている。

結婚をして母親になったが、今でもカミちゃんだけではなく、妹や弟たちに小遣いを渡している。上の子が下の子の面倒を見るのは泉次屋の子どもたちの自然にできた約束だ。

次女の陽子も看護師として働いている。長男の智も県外の大学を卒業し会社勤めを始めた。次男の晋は琉球大学を卒業して教員になった。三男の宏は設計士になって身を立てる志を抱いて九州の大学で学んでいる。そして今度は篤子だ。保育士になりたいという。子どもたちは自分の夢を実現するために次々と家を出ていく。こんな小さな開拓村で十分な教育を受けさせることができなかったのではないかと気を病むことも多かったが、子どもたちはたくましく成長した。一人、二人と我が家を巣立っていく。寂しいことだが、これが親の宿命だと思う。夢を追いかける子どもたちを見送るのが、親の大きな喜びだ。

稼ぐに追いつく貧乏なし。これがカミちゃんと泉次のモットーだった。けれども、実際には何度も貧乏に追いつかれ追い越された。そのときは貧乏の後姿を見て励みにし、頑張る意欲をかき立て貧乏を追い越した。

泉次はパインやサトウキビの多量生産者として、農協や町役場から何度も表彰された。

しかし、お金が貯まることはなかった。すべてが七名の子どもの大学進学の資金になった。

家にお金はないけれど子どもたちの頭に貯金しているんだ。俺たちは、村一番の財産もちだよ。なあ、そうだろう、母さん。

世界一だよ、お父さん。

カミちゃんと泉次は、辛いときはそう言って励ましてきた。

親と子どもの真剣勝負だよ。負けてはナランドー（いけないよ）。

泉次は酒を飲み上機嫌になると、カミちゃんの前で、よくそう言った。

借金は何度もやった。やり過ぎて、しまいには農協からは借金の申し込みを断られたこともある。

子どもたちの進学資金を作るためだ。次のパインやサトウキビの収穫を抵当にする。そんな口約束で最終的には貸してくれた。カミちゃんや泉次の頑張りぶりを、だれもが知っていたからだ。もちろん、借りた金は、しっかりと返済した。

一九八八（昭和六十三）年、カミちゃんは数え年七十三歳の古希を迎えた。泉次はその前年に古希を迎えていた。泉次もカミちゃんも、明石村の敬老会で盛大に祝福された。ヤンバルの郷里大兼久からも招待があった。幼いころの友達や、大兼久の区長さん、そして那覇近郊在住大兼久会の会長さんからも是非一緒に古希を祝いましょうとの誘いだった。泉次も、そしてカミちゃんもその誘いを心から感謝して受け入れた。

大兼久の人たちは、郷里を出て遠い八重山の地で苦労を重ねたカミちゃん家族を忘れてはいなかったのだ。幼い友達や親族との久しぶりの再会に、カミちゃんは心を熱くして感謝の言葉を述べた。

成長した子どもたちが、二人の古希を祝って北海道旅行をプレゼントしてくれた。末娘の篤子が案内役で同行するという。カミちゃんも泉次も初めての北海道の旅だ。忙しさに追われて旅することさえ忘れていた。子どもたちはこのことに気づいていたのだろうか。好意に甘えて旅行をすることにした。札幌から知床を折り返すゆっくりとした旅だ。札幌、富良野、釧路、知床、網走、そして千歳空港を経由する五泊六日の旅を計画してくれた。那覇空港には子どもや孫たちが見送りに来た。年を取ったのだと思った。

北海道を横断する列車の中で、カミちゃんは何度も涙を拭った。それを泉次や娘の篤子に見られて笑われた。辛い日々の思い出が蘇ってきて涙を抑えることができなかったのだ。佐世保の港で出征する泉次を見送った日、鹿児島で陽子を負ぶって沖縄へ戻って来る船上での緊張感、倫起家族の一家全滅に母親ウシがフラーになった日々、子どもたちがみんなマラリヤに罹った開拓村明石での辛い日々……。

この旅に、アンマー（母ウシ）を連れてきたかったなあ。

倫正お父にも、何一つ恩返しができなかった……。

カミちゃんの脳裏には、目の前に広がる広大な北海道の景色が、なんとなくヤンバルの景色に似ているように思われた。北と南の最果ての地で似ているはずもないのに、どの景色を見ても過ぎ去った過去が蘇る。

三日目は富良野の旅館に泊まった。ゆったりとお湯につかった後、カニ料理を食べる。部屋に戻って浴衣に着替え、窓の近くに椅子を引き寄せてカーテンを開ける。窓外に杉林が見えるが、眼下に眺める杉林は尖った緑の三角帽子のような形をしている。なんだか、不思議な感じがして、つい笑みがこぼれる。

この旅行用にと子どもたちから買って貰った新しいバックからハーモニカを取り出

す。長男の智が、誕生日の祝いにと買ってくれたものだ。ずいぶん古くなったが、明石村でのつれづれに縁側に出てよくハーモニカを手に取った。今では、いくつかの曲を吹けるようになっている。この旅行にもハーモニカを持ってきた。

久し振りに「故郷《ふるさと》」の曲を吹く。音に合わせて泉次と篤子が小さく口ずさんでくれた。

兎追いし彼の山、小鮒釣りし彼の川、夢は今も巡りて、忘れがたき故郷。

如何にいます父母、恙《つつが》なしや友がき……。

カミちゃん。

カミちゃん、起きなさい！　生きるんだよ。

ウシの声が聞こえた。後ろを振り返る。

泉次と、篤子が微笑みながら、カミちゃんのハーモニカを聞いていた。

エピローグ

私の母はカミちゃんと同じ歳でワラビナー（童名）はカマドという。同じヤンバル大兼久で生まれた。カミちゃんとは従姉妹同士に当たる。それぞれの人生を、故郷を離れ、嫁いだ夫と共にそれぞれの土地で歩むことになる。

二人が久し振りにヤンバルで会った時などは、互いにワラビナーで呼び合って抱き合っていた。涙を浮かべながら見つめ合い語り合っていた姿を思い出す。

私の母は、戦前、父と共に南洋パラオに渡り戦争に巻き込まれる。幼い姉二人を連れてのパラオ行きだった。パラオで生まれた私の兄はパラオの地で亡くなる。兄を埋葬した屋敷の裏庭に爆弾が落ち、遺骨がバラバラに飛び散ったという。戦争の時代を生きた人々にとっては、その人々の数だけ、悲しい物語が埋もれているはずだ。

カミちゃんの手記を読ませてくれた智くんの家を訪ねた。那覇市の奥武山の一角にある。智くんの姉の陽子さん、広子さん、弟の宏《ひろむ》くん、そして智くんの奥さんと、広子さんの御主人が、盛りだくさんの料理を並べて待ち構えていた。みんなが大歓迎をしてくれた。明石村でのこと、ご両親の思い出など、みんなが懐かしそうに話し出した。なんだか、この家族には、辛い思い出がなかったのだろうかと思われるほどに明るい笑顔である。私もつい笑みを浮かべて聞き入った。みんなの思い出話は、なんだか愉快で、そして、なんだか悲しかった。

ぼくらは、本当に貧乏だったのかなあ。ぼくは全く気付かなかった。

母は、そういう努力をしてくれていたのよ。

戦争で辛い体験をしてきたはずなのに、母も父も戦争の話はあんまりしなかったねえ。

私は倫起伯父さんが亡くなって、海鳴りの塔に祭られていることも長く知らなかった。

父と母の人生は、やっぱり壮絶な人生だったと思うよ。

母の思い出はいっぱいある。その一つにね、刑期を終えて明石に流れついた入れ墨をした男をね、母が家に泊めたことがあったよ。だれも相手にしなかったのにねえ。その男は後々、母に、とっても感謝していたらしい。市内で母を見かけると追いかけてきて母に感謝の言葉を述べたらしい。

父も海軍育ちでプライドもあったはずなのにいつも母を立てていたな。女は家に籠らずにどんどん外に出て外の世界を見なさいと母を激励していた。だから、農作業をしている父の姿はいつも一人だった。開拓村では猫の手も借りたいほど忙しかったはずなのにね。子どもの教育は母親が外に出ないと、できないと言っていたね。

母の能力を生かしたのは父だよね。

母は、明日食べる物がなくても、貧乏顔は見せなかったね。大川の家で縄を編んで生活している時もそうだった。また明石に移って貧しさのどん底にある時も、いつも子どもが一番だった。

月明りの下で蓆《むしろ》を敷いてご飯を食べ、月明りの下で芋ニーで誕生会をしたこともあったよね。私たちに司会をさせてね。よく歌を歌わせよった。人前で話をさせたりね。子どもの教育と思っていたんだろうねえ。

パインを収穫した時も子どもが一番。美味しそうなパインは私たちに食べさせて、その残りのパインを売りに出した。

芋を食べる時も、芋が栄養があるんだよって私たちに食べさせよった。お金がないから芋を食べているなんて、私たちは思ったこともなかった。

貧乏だなと思ったのは二十歳過ぎてからだな。庭での誕生会の芋パーティも、今で言うガーディンパーティみたいな感覚だったなあ。

ご飯に芋を混ぜて炊くときはね、これが一番栄養があるんだよって……。

貧しくて魚を買う金がないので父が野良仕事を終わった後に、夜の海に出かけて魚を獲りに行った。母が言うには、父は海軍だったからね、魚を獲るのがうまいんだよ、趣味だよって……。父も疲れていたはずなのにね。

働き過ぎて心貧乏になるな。心が貧しくなれば家庭が荒れる。田は荒らしても子は荒らすな。心を豊かに持てば家庭は光る。これは武者小路実篤の言葉のようだけど、母のモットーだったね。

父は朝早くから出かけて、星が出るまで畑にいることが多かった。八重山は石灰岩が多いからねえ。畑を耕しても石にぶつかる。その石を畑の周りに積み上げて垣根ができるほどだった。

父に怒られた人はだれもいないはず。父は温厚な人だった。疲れていたはずなのに、子どもに当たり散らすことはなかった。母には、何度か怒られた。

ぼくは家が貧しいとは思っていないからねえ。家の山羊を黙って殺して、村の先輩たちと一緒に食べたことがある。もちろんぼくが飼っていた山羊だ。母は家の山羊が居なくなったって探し回っていたけれど、ぼくは黙っていた。しかし、とうとうバレてしまってね。母には怒られたけれど、父には怒られなかった。すれ違いざまに、山羊は美味しかったかって言われた。男だねえ（大笑い）。後から聞いた話だけれど、青年たちはみんな公民館前に集められて母に怒られたそうだ。あんたたちは、後輩もきちんと指導できないのかってね。高校三年生ごろだったと思うよ。

男の子を育てるのは大変だったって聞いたことがあるよ（大笑い）。

父が山羊を飼っていたのは、お客さんをもてなすためだった。本島からお客さんが来ると山羊を潰してもてなした。それを楽しみにしていた。また、本島に行くときも山羊を潰して肉を箱詰めにして持って行くのが習慣だった。

山羊の鳴き声を聞いて可哀相だと言ったことがある。そうすると父はね、いや山羊は人に食べられるために生まれてきたんだ。有り難う、有り難うって鳴いているんだよって（笑い）。

いつでも子どもが一番だった。私たちのためには何でもしてくれた。父も母も優しかった。

このハーモニカは、母の形見のハーモニカだ。母は自分のカジマヤー（九十七歳）のお祝いの時も、これを吹いたよ。十八番のオハコは故郷。

家で吹くときはよく猫が寄って来た。猫に吹いて聞かせているんだよって（笑い）。海を見ながら、浜辺でもよくハーモニカを吹いていたな。そんなロマンチックなところもあったなあ。

私は、開拓村にいると進学できないんじゃないかと思ってね、両親の故郷ヤンバルの辺土名《へんとな》高校に入学するために大宜味中学校へ転校した。ヤンバルには伯父さんがいたからね。勉強するんだったらいいと言って両親は許してくれた。辺土名高校に入学して頑張っていたんだけど、父が訪ねてきてね、今度は八重山高校に転校させられた。私が苦労していると考えたんじゃないかねえ。いつでも子どもが一番、教育が一番って考えてくれた。

母は、記憶力は抜群だったねえ。好奇心旺盛で、ものおじしない人だった。歳を取っても、カタカナ書きの外来語には興味津々でね。その意味をしつこく尋ねられたよ。

母は九十歳過ぎても元気だった。私たちの冗談にも冗談で返しよったね。

私がね、こんなにフラー（馬鹿）なのは、お母さんが私をフラーに生んだからだよって言ったらね。はい、どうもすみません、以後気をつけますって（笑い）。

明るい人だった。

記憶力も抜群だったけれど、九十歳になっても手帳をかばんに入れていたね、何かあったら、すぐにメモしていた。

九十五歳になっても元気だった。ある時ね、チャイコフスキーのくるみ割り人形を見に行くかと聞いたら行くというんだよ。それで連れて行ったら、その後の感想。あの音楽素晴らしかったねって。踊りではなく音楽のことを誉めるんだよ。九十五歳のおばあちゃんがだよ（笑い）。

琉舞を見に行ったらね、踊り以上に衣装を目に留めてね。あれはどんなふうに染めたのかねえって。母は草木染もやっていたからね。興味があったんだろうね。

母はね、養蚕にも興味を持ってね、明石に養蚕工房も作ったんだよ。政府からの補助金をもらってね。母はその時織った布で郷里の豊年祭に使う幟《のぼり》の旗を寄贈したんだよ。今も使われているよね。

倫正おじいが大兼久の区長もしていたからねえ。明石で生活していても、郷里への思いは、強かったんだろうねえ。

お袋が研究会などで県外出張などをすると、親父がご飯を作ってくれたんだが、おつゆなどは青野菜を継ぎ足し継ぎ足しするもんだから、味噌汁が青汁になっていたなあ（笑い）。

母はね、食べさせ上手だった。だれが一番おいしそうに食べるかねえってね。貧しい料理だったけれど、そう言って私たちに食べさせよったね。

そうしたら私たちは、なんでも食べる子に育った（笑い）。

子どもの背中を押すのが上手だったな。

親父とお袋はね。ぼくの卒業式に来てくれたんだ。ぼくは就職した後、大学で勉強し直したので、七人の子どものなかで最後の卒業式だと言ってね。姉弟《きょうだい》みんながお金を出しあって親父とお袋を卒業式に参加させてくれたんだよね。それで別府に三人で旅行した。たまたま混浴のある旅館でね。朝、六時ごろ起きて行ったら女の人が先に入っている。手招きするもんだからチムドンドンシテ（気持ちが高ぶって）ね。近づいて行ったんだ。そしたらお袋だった（大笑い）。ぼくの一番の思い出だな。

あんたは、お袋の裸を見たんだな。

六十代の裸だよ（笑い）。

そのころ、あんたは？

二十代。元気だったんだよね（大笑い）。

母はたくさん賞状を貰っているよね。石垣市や県や大蔵省からもね。多くは、明石での婦人会活動が認められた賞状だ。

明石は、芸能活動なども盛んだったなあ。第一期の明石の入植者たちは、まとまりがあった。婦人会もそうだったし、青年会もそうだった。盆踊りやエイサーなどもみんなでやったよなあ。心が一つになったんだろうね。

みんなで有休日も作ってね、レクレーションなどもやったんだよ。すると父は朝早く五時前に起きて畑仕事をしてから有休日に入った(笑い)。

明石移民として若い人たちが定着したのは、そういう有休日やレクレーションなどがあったからかもしれないね。

父と母は、晩年は明石を引き上げて郷里の大兼久で生活したんだがね、明石を引き揚げる時に迎えに行ったんだよ。するとその前日までね、若いお母さんたちと一緒になって、これはこうしよう、あれはああしようと、話し合っているわけ。まるで明日も明石にいるような感じなのよ。いつでもみんなと話し合って、少しでも生活改善ということが頭にあったんだろうねえ。

母は人を非難することはなかったなあ。なかなか自分にはできないことだけどねえ。

そういう気持ちになるときは、お袋や親父のことを思い出して踏みとどまるんだ。

父や母の言葉は、頭に残っているのがいっぱいあるねえ。

思い出もいっぱいある……。

みんなの話は尽きなかった。次々と溢れるように思い出が話される。私は心地よい時間にすっかり身も心もほぐされていた。

お母さんから習った歌があるよ、みんなで誕生会などでよく歌ったんだよ。

そう言って広子さんが歌いだした。少しずつ、少しずつみんなの記憶に歌詞が蘇り、やがて手拍子を取りながらの合唱になった。カミちゃんこと平良節子さん、そして平良泉次さんの命を受け継いだ子どもたちの合唱だ。

私の心に温かい感動の波が静かに押し寄せてきた。戦争という時代に翻弄されながらも、明るく、前を向いて生きたカミちゃんの人生……。カミちゃん、もう起きなくてもいいよ。あなたの命はしっかりと子どもたちに引き継がれていますよ。あなたの優しい心もね。私は子どもたちの合唱に心を震わせながら耳を傾けた。

花も咲かず、鳥鳴かず

されど常に楽しきは
父母と共に住む我が家
我が家　我が家　よき我が家
朝に出でて夕暮れに
帰り来たる我が家よ

……

仏壇の位牌の前には、石垣島の晋くんから送られてきたカーサーバームーチー（月桃の葉で包んだ餅）が供えられていた。泉次さんとカミちゃんが大好きだったという餅だ。

晋くんが石垣島の居酒屋で語っていた言葉を思い出す。

ぼくは、マザーコンプレックスと、みんなから笑われるかもしれないが、お母さんが大好きだった……。

二〇〇九（平成二十一）年十月二十七日、平良泉次死亡、享年九十四歳。
二〇一四（平成二十六）年七月二十四日、平良節子死亡、享年九十八歳。

（了）

大城貞俊（おおしろ　さだとし）

一九四九年沖縄県大宜味村生まれ。元琉球大学教授、詩人・作家。受賞歴に沖縄タイムス芸術選奨（評論）奨励賞、具志川市文学賞、沖縄市戯曲大賞、文の京文芸賞、九州芸術祭文学賞佳作、山之口貘賞、新風舎出版賞優秀賞、沖縄タイムス芸術選奨（小説）大賞、やまなし文学賞佳作、さきがけ文学賞など。主な著書に評論『沖縄戦後詩史』（編集工房・貘）、小説『椎の川』（朝日新聞社）、『アトムたちの空』（講談社）、『G米軍野戦病院跡辺り』（人文書館）、詩集『或いは取るに足りない小さな物語』（なんよう文庫）など。近著に大城貞俊作品集上巻『島影』、下巻『樹響』、『奪われた物語—大兼久の戦争犠牲者たち』などがある。

カミちゃん、起きなさい！ 生きるんだよ。

2018年4月28日　第1刷発行

著　　者　大城貞俊
企画編集　なんよう文庫（川満昭広）
〒903-0813　那覇市首里儀保 1-31-105
E-mail:folkswind@yahoo.co.jp
発 行 人　深田卓
発　　行　インパクト出版会
〒113-0033　東京都文京区本郷 2-5-11　服部ビル 2 階
電話 03-3818-7576　FAX 03-3818-8676
E-mail:impact@jca.apc.org
郵便振替　00110-9-83148
装　　幀　上田真弓
印　　刷　モリモト印刷株式会社

ISBN978-4-7554-3001-5 Printed in Japan